Roman Reischl

Die zwölf

Häuser

Mystery

1

Vorwort

Das Buch ist eine Liebeserklärung des Autors an seinen Heimatlandkreis Berchtesgadener Land und an ein Videospiel. Freuen Sie Sich auf magische Momente, grenzenlose Fantasie und ein wenig sozialkritische Aspekte in einem außergewöhnlichen Jugendbuch.

Ganz besondere Erlebnisse mit der Licht- und Schattenwelt sollten sich Richie und Mariah auftun, wenn sie sich nur gut genug mit dem Seelenleben beschäftigen, um in eine komplette Traumwelt zu gelangen.

Alles begann in der Jugend, die so turbulent war wie ein Meteoriteneinschlag im Berchtesgadener Land.

Richie entdeckt einen Zugang, der ihm die zwölf Häuser der Astrologie offen legt, ein geheimes Portal zu den Sternzeichen und somit den griechischen Göttern des Olymps, den wahren Repräsentanten des Lebens.

Zusammen mit Mariah gelangt er zu Schauplätzen, die faszinierender nicht sein könnten. Er legt allen Ballast ab und traut seinen Augen manchmal nicht mehr, wie er sich selbst neu definiert. Viele spektakuläre Orte machen diese Geschichte zu einem Erlebnis mit Extravaganz bis zum letzten Kapitel.

Kapitel 1

Die zwölf Häuser

Richie saß unterhalb des Marzoller Schlosses in der Wiese. Warum auch immer musste er an seine Zeit in der Psychiatrie denken, jedoch nicht nur an das Negative. Er erinnerte sich an die zahlreichen guten Gespräche, die intensiver nicht hätten sein können. Teilweise philosophisch, manchmal am Rande des Wahnsinns, aber im positiven Sinne. Ihm kam eine Idee: Er wollte sich bei diesen Leuten wieder einmal melden, schließlich hatte man am Ende des Aufenthalts Nummern und Adressen mit jenen ausgetauscht. So viele verschiedene Charaktere mit ebenso unterschiedlichen Krankheitsbildern. Das Reich der Lebenden zwischen genial, verrückt und extravagant. Vielleicht würde es Richie sogar gelingen, viele Ex-Patienten an einen Ort zu bringen? Er sprudelte förmlich vor Ideen.

Noch am selben Abend telefonierte Richie mit Maximilian und Mariah, mit denen er sich in der Klinik am besten verstanden hatte. Sie freuten sich und sagten ein Treffen, ohne viel nachzudenken, sofort zu. Richie schlug vor, sich jetzt im immer wärmeren Frühling zum gemeinsamen Picknick auf der alten Ruine Plainburg zu treffen. Danach war ein Essen in der Altstadt von Salzburg mit Spaziergang durch die Getreidegasse vorgesehen. Schon wenige Tage später hatten insgesamt 21 Leute zugesagt, einige von ihnen lebten ohnehin in der näheren Umgebung.

Richie verbrachte die Nacht vor dem Wiedersehen im lauen Wind auf seinem Balkon und rauchte Zigarillos zu einer

Flasche Weißwein. Er befasste sich immer eindringlicher mit dem Thema Astrologie und versuchte, gewisse Fakten miteinander zu kombinieren. Je länger er dort saß, desto interessanter wurde es.

Er grübelte über die Zahl 12, denn jedes der Sternzeichen wird in der Lehre zwölf Häusern zugeordnet. Dazu kommt, dass die 12 in der Religion als heilige Zahl der Begegnung Gottes angesehen wird. Nimmt man die Dreifaltigkeit, also die 3 mal die vier Elemente, ergibt es auch eine 12. Weiterhin sprechen Orthodoxe von zwölf Hauptfesten. Was ist noch so magisch und könnte es sein, mit diesen Häusern, die in Verbindung mit dem Zodiac stehen, das Reich der Toten zu entschlüsseln? Für Richie offensichtlich. Er wollte mit den Freunden aus dem Krankenhaus am nächsten Tag darüber reden. Mit seinem Freundeskreis im Ort ging das ganz gewiss nicht. Für sie war er ohnehin längst ein kleiner Spinner. Er nahm noch einen Schluck Wein:

„Zwölf Apostel im Christentum, auch Mohammed aus dem Islam hatte zwölf Imame, sprich Nachfolger. Der griechische Olymp hatte zwölf Hauptgötter, das so genannte das Kollegium der Titanen. Die germanische und nordische Mythologie fand im Asgard, dem Heim der Asen zwölf Paläste für jede Gottheit. Aber wenn es einen Herrn gibt in diesem Universum, kann es nur einer sein. Ich muss herausfinden, was genau mit den zwölf Häusern der Sternzeichen gemeint ist. Sie sind auf dieser Erde zu finden, da bin ich mir sicher."

Als Richie die letzte Zigarillo aufgeraucht hatte, ging hinter dem Zwiesel langsam die Sonne unter. Er war noch nicht müde. Mit etwas Schokolade und einem Schreibblock kehrte er auf seinen Balkon zurück. Er zündete eine Kerze an und philosophierte weiter:

„In England und den USA entscheidet bei Strafprozessen entscheidet eine Jury von 12 Geschworenen über Schuld oder Unschuld des Angeklagten. Die Flagge der Europäischen Union zeigt als Symbol der Vollkommenheit, Vollständigkeit und Einheit zwölf goldene Sterne auf blauem Grund. Die Anzahl der Sterne ist nicht veränderlich und hat eine rein abstrakte Bedeutung. Es gibt ein Dutzend Gründe, dass ich auf Entdeckungsreise gehen muss."

Richie lächelte und holte eine Weltkarte aus seinem Wohnzimmer. Wie aus dem Nichts schoss ihm auf einmal wieder die Sonate von Beethoven ins Gehör. Es gibt weitaus Schlimmeres. Fieberhaft versuchte Richie, an irgendeiner Begebenheit auf unserem Planeten nochmals die Zahl 12 auszumachen, mit natürlichem Ursprung, ohne die Religion und Zahlenmystik mit einzubeziehen.

In einem Buch hatte er eine Woche zuvor gelesen, dass es im Jenseits zwei weitere Gebote gibt:

Nummer 11: Du sollst Gott lieben und zwölftens: Du sollst alles lieben, mehr als dich selbst

Nach seiner Auffassung nicht sehr anspruchsvoll, wenngleich doch ein kleines Zeichen auf die neue Lieblingszahl. Dennoch wollte er sich jetzt auf die Natur und die Erde konzentrieren, um etwas zu entdecken, worauf er noch nicht gestoßen war. Er breitete die alte Karte seines Vaters aus und zählte Gebirgszüge, Längengrade, Meere und Seen.

„Vielleicht werde ich in den nächsten zwölf Monaten herausfinden, was mir hilfreich sein könnte", scherzte er mit sich selbst und brach sich ein Stück Nussschokolade ab.

Danach öffnete er sein kleines Ringbuch, das ihm seine Tante geschenkt hatte. Die Weltkarte nahm er zunächst als Inspiration für die Tagebucheinträge von diesem schönen Abend. Richie schweifte wieder einmal aufs Neue von den eigentlichen Gedankengängen ab. Mehr als typisch für seine innere Anspannung und das viele Denken. Rund um die Uhr:

Die Zeit verlangte es von Richie, über die aktuelle Weltlage zu schreiben. Die Kämpfer des IS trieben so viele unschuldige Menschen in den Tod und in die Flucht, dass Deutschland und auch alle anderen europäischen Staaten Heerscharen von Kriegsflüchtlingen aufnehmen mussten. Richie fand das wichtig und konnte nicht verstehen, dass viele Deutsche dagegen in diesen Tagen protestierten. Asyl ist ein Menschenrecht.

Richie wollte nicht glauben, dass die zwölf Häuser wie in der Astrologie und auf Horoskopseiten im Internet etwas mit dem Tierkreis in Form von Halbkreisen über dem jeweiligen Horoskop zu tun haben.

Nachdem er sein Buch mit den Gedichten zugeklappt hatte, ging er zum Kleiderschrank und legte sich was zum Anziehen für das Treffen mit dessen Freunden zurecht. Draußen ging ein Wind und promt pfiff wieder eine Melodie durch dessen Kopf. Richie zuckte und schleuderte seinen Pullover in die Ecke. Mehr wütend als neugierig rief er im Schlafzimmer, dass er keinen Bock mehr hat, so etwas zu hören, was gar nicht da war. Dann schlug er mit dem Schuh gegen die Bettkante. Er setzte sich auf den weissen Stuhl in der Ecke und fing in seine Handflächen hinein zu grübeln, die sein Gesicht bedeckten. Er kannte dieses Lied, und sein Ärger ließ augenblicklich nach, als er begriff, dass die Musik ein eindeutiger Hinweis auf den Zusammenhang seiner ganzen Überlegungen mit den Sternzeichen war:

„Na klar! Egal, wenn es nur in meinem Kopf stattfindet oder auch nicht! Es sind die Götter des Olymp bei den Griechen. Man darf sie nur nicht wörtlich nehmen, das ist die Lösung!"

Die Götterfunken aus Beethovens Neunter streiften durch die Wohnung. Vielleicht auch nur durch Richies Gehirn. Auch wenn es nur ein Produkt seines Denken war, er kombinierte schnell, dass es nur eine Abkürzung zum Ergebnis sein konnte. Die zwölf Häuser des Horoskops, die sich auf das jeweilige Zeichen beziehen, sind nicht die Namen der Götter aus der griechischen Mythologie, sondern ihre Bedeutung, beziehungsweise wofür diese stehen:

„Das Meer und Wasser (Poseidon), Die Geburt (Hera), Die Erde (Demeter), Das Licht (Apollon), Der Mond (Artemis), Wissenschaft, Frieden (Athene), Krieg (Ares), Liebe (Aphrodite), Handel und Reisen (Hermes), Naturgewalten (Hephaistos), Feuer (Hestia) und schließlich dem gesamten Universum (Zeus) – alles, was unsere Erde und die Menschen ausmacht! Die Griechen waren gar nicht so dumm und Ihr Polytheismus könnte den Zugang zur Unendlichkeit bedeuten."

Richie sah diese Charaktere nun nicht mehr als Figuren oder Götzenbilder aus dem Geschichtsunterricht. Nein, nicht umsonst hatten auch die Römer genau dieselben Götter, um jenen teilweise sogar Namen der Planeten zu geben. Man denke nur an Neptun oder den Mars. Unsere antiken Vorfahren wussten mehr, als man ihnen zugetraut hatte.

Kapitel 2

Das Treffen

Richie freute sich ganz besonders auf Max, mit dem er sich im Krankenhaus von allen am Besten verstanden hat. Eine Art Seelenverwandtschaft, es beruhte auf Gegenseitigkeit.

Schon am Eingang des Restaurants sah er ihn einer lichtgedimmten Nische bei Kerzenschein sitzen. Am Tisch erzählte er seinem Freund von den ungewöhnlichen Erlebnissen mit der Musik, die der Wind bringt. Max interessierte sich hauptsächlich für die Idee, dass die Dinge, für die die Götter des Olymp in Griechenland standen, eine Verbindung zu den Sternzeichen haben. Die Damen aus der Klinik fanden das Ganze ebenso interessant.

Zwölf Punkte, die für das Leben der Menschen unumgänglich sind, genau wie das hinein geboren sein in ein Tierkreiszeichen. Sind das die wahrhaften Häuser der Astrologie?

Mariah, eine ganz charmante junge Frau, die an Depressionen litt, sagte zu Richie, dass sie genau wie er das Verlangen hatte, noch einmal mit einem geliebten Menschen zu sprechen, der leider gestorben war. Sie bestärkte ihn in der Auffassung, dass er eines Tages mit seiner Zwillingsschwester reden dürfe. Der Tod kann nicht das vollkommene Ende sein.

„Vielleicht könnte man mit Meditation eine Brücke ins Jenseits errichten?", schlug sie der Runde vor.

„Versuch' doch mal, symbolisch zu denken, Richie!", warf Christoph ein.

16

„So werden in gewissen Filmen solche Sachen gelöst, ich weiß, aber wenn das Sonnensystem, die Konstellation der Sterne und Planeten bei unserer Geburt Einfluss auf unsere Art haben, dann kombiniere die Sternzeichen zu einem einzigen Gebilde und schau´ was dabei herauskommt."

Richie grübelte:

„Ja, gewiss nicht schlecht. Diese Aufgaben dort in meiner Aufzeichnung, mit denen die zwölf griechischen Götter betraut sind, da bin ich hier auf der Erde schon richtig. Unumgängliche Tatsachen, nicht wegzudenken, leider auch der Krieg nicht. Aber so ist das nun mal. Max, hast du Lust, dass wir Versuche starten? Wir könnten uns in jeder Vollmondnacht treffen, in der der Monat in ein neues Sternzeichen wechselt. In diesen besagten Nächten beobachten wir, ob wir etwas hören oder sehen können, was einem sonst gar nicht auffällt. Ehrlich gesagt glaube ich nicht, dass wir verrückt sind. Und auch wenn es nur eine Einbildung ist, spannend ist es allemal."

Der Querdenker Max hatte gegen den Vorschlag nichts einzuwenden. Neben diesen Themen wurde an jenem Abend im Marzoller Schlossberghof aber auch viel gelacht und die befreundeten Ex-Patienten freuten sich über Anekdoten aus der Zeit in der Psychosomatik und die Erfahrungen mit den dortigen Psychologen.

Schon eine Woche später trafen sich die beiden Freigeister am Abend des Wechsels des Sternzeichens Wassermann zu den Fischen. Max las im Tagebuch die Einträge Richies aufmerksam und gab seinem Freund sein Ringbuch, vollgepackt mit nachdenklichen Gedichten. Danach fuhren sie mit Fernrohren und Proviant ausgestattet zum alten Schützengraben, an dem Richie erstmals im Wind Beethoven hörte. Sie wollten heute Nacht den Himmel nicht aus den Augen lassen, denn es war sternenklar und für diese Jahreszeit gar nicht kalt.

„Wenn ich auch keine Melodie höre, die der Wind herüberbringt, ich möchte und werde Kontakt zur Schattenwelt herstellen können", sagte Richie zu seinem Freund.
„Sie lebt auf einer Burg und bewacht das Gute."

Egal, was in diesem Text von ihm bisher aufgezeichnet wurde, das Nächtebuch, die Sternzeichengeschichten, die Lyrik zu den Planeten oder das Logbuch: Alles hatte etwas mit seinen Erfahrungen und Weggefährten zu tun. Jede einzelne Geschichte und Gedicht handelt von Dingen und Personen, die etwas mit Richies Leben zu tun hatten.

Der nicht minder genial denkende Maximilian schlug etwas vor, bevor sich beide weiter ihrer Philosophie hingaben:

„Warum sollten wir nicht einfach zu Menschen gehen, die auf einer Palliativstation liegen und wissen, dass sie bald sterben müssen? Sie denken und fühlen oft das „Zwischendrin", was unsereiner gar nicht begreifen kann.

Ich glaube, wenn wir erst einmal Kontakt zu den Toten haben, dann werden sie uns Novellen erzählen. Vom Meer und Wasser, für den dieser Poseidon und Neptun standen, von der Geburt, der Erde an sich, dem Licht und

Dunkel, vielleicht sogar besagtem Tunnel, dem Mond und den Sternen, Krieg und Frieden, dem Reisen und der Liebe und allen Gewalten der Natur. Auch dem Ende, denn das ist auch ein Stück davon. Wir gehen durchs Feuer mit unserer These und begreifen so endlich das ganze Universum. Was sagst du, Schreiberling?"

„Gar nichts mehr, außer dass du recht hast, Mäxchen."

Und so kam es, dass zu jeder neuen Konstellation des Horoskops die beiden Freaks nicht nur mit Schwerkranken sprachen, sondern auch lyrische Texte schrieben und sich immer wieder darüber unterhielten. Richie und Maximilian hörten in jeder dieser Nächte Stimmen und Lieder von Künstlern, die schon lange nicht mehr auf der Erde verweilten. Doch eines sei klargestellt. Sie waren beide nicht schizophren, sondern ganz eins mit dem Leben und dem Tod. Diese Verbindung zur Traumwelt nannten sie von nun an: Schattenreich!

Richies Schwester würde mit Sicherheit kein direktes Gespräch mit ihm führen. Dennoch wird er sich damit identifizieren, dass die Sternzeichen und Horoskope das Leben beeinflussen. Man lernt durch die Gespräche mit Menschen jeden Tag dazu. Gewiss sind alle anders gestrickt, doch mit Max in den Nächten der Planetenverschiebungen zusammen zu sein, ist das Portal zur Ewigkeit.

Richie wünscht sich aber einen ganz anderen Zugang. Er möchte eintauchen in die Welt dort. Hier und jetzt. Zuvor musste er aber die Welt erkunden.

Wer nicht verreist, ohne die Gegend in ihrem Ursprung und der Einheimischen kennenlernen zu wollen, sollte am Besten zu Hause bleiben und so weitermachen und denken, wie er es bisher getan hat. Die Erde ist ein wunderschöner und vielseitiger Planet. Im Grunde genommen auch die Menschen, die darauf leben. Ich freue mich, dass durch die Zuwanderung bei uns das Land ein bisschen bunter wird und wir uns vermischen. Einige denken, dass Multi Kulti nicht funktioniert auf Grund von Religionen oder sonstigen Weltanschauungen. Seltsamer Weiße sind das immer diejenigen, die sich mit Asylbewerbern und Flüchtlingen gar nicht unterhalten, weil sie nicht einmal ein paar Brocken Englisch beherrschen. Sie bleiben unter sich, unterstellen das aber in Form von Ghettoisierung denen, die ihnen fremd sind.

Sie scheren alles über einen Kamm und werden wütend, wenn sich vom Krieg gezeichnete Leute hierzulande mit Fleiß etwas aufbauen wollen. Der Neid steht ihnen ins Gesicht geschrieben, dass sie auf Grund ihrer eigenen Dummheit nichts zu Stande gebracht haben.

Daher schüren sie immer weiter Hass. Selbst aber erwarten sie, dass sie im Urlaub willkommen geheißen werden und die Gastgeber womöglich ihre unwichtige Sprache auch noch verstehen und sprechen sollen.

Wir stammen alle von denselben Vorfahren ab, die durch Evolution entstanden sind. Der Mensch ist immer gewandert, von Ort zu Ort, ansonsten hätte er sich nicht weiterentwickeln können. Diese Spießbürger, die nicht vom Fleck kommen, sind im Geiste nie vorangekommen, das merkt man schon, wenn man ihnen in die Augen sieht.

Nationalisten, Konservative und Patrioten sind der eigentliche Abschaum der Gesellschaft, nicht die um Hilfe bittenden.

Ich habe auf der Weltkarte gerade die Grenzen wegradiert. Was ist geblieben? Weltmeere, Seen, Flüsse, Gebirge und Kontinente. Die Natur. Was ist weggefallen? Ein paar Striche. Ich bin sehr froh, dass ich nicht in Deutschland eingesperrt bin. Die Erde gehört uns nicht und wenn wir so weitermachen wie bisher, stößt sie uns irgendwann weg. Sie hat momentan allen Grund dazu. Was Besseres könnte diesem Planeten in der heutigen Situation ohnehin nicht passieren.

Das waren die Bereiche der Götter des griechischen Olymps und der Römer. Es sind die wahren zwölf Häuser, die in ihrer Gesamtheit Energie, die Macht und Zauberkraft ergeben, die Botschaften aus dem Jenseits auf die Erde. Denn niemand ist wirklich tot. Es gibt nur eine zweite Welt dort irgendwo und man kann sie mit viel Mühe verstehen, ja sogar lieben. Denn auf der von uns gesehen anderen Seite ist die Existenz nicht mehr materiell, sondern vollkommen erfüllt. Es ist die Konsequenz des Lernprozesses des jetzigen Daseins. Im ersten Band habe ich Sternzeichengeschichten gesehen. Sie handeln von dir und von mir, von jedermann. Es können auch Träume sein. Das liegt wie immer im Auge des Betrachters:

Was hat es mit den Stimmen auf sich?

Ist es eigentlich das Jenseits, vor dem wir uns fürchten müssen? Wäre es stattdessen oftmals nicht angebrachter, die vielen Probleme hier unten endlich in den Griff zu bekommen?

Die ZWÖLF, egal ob Sternzeichen oder Planeten, vielleicht auch gar die Häuser: Es muss hier und auch dort darüber gesprochen werden.

Max und Richie hatten es tatsächlich geschafft. Sie konnten durch Meditation und Entspannung eine Verbindung in eine andere Welt aufbauen. Alles, wofür die Götter im Olymp standen, angefangen von Elementen wie dem Wasser wurden an einem Ort zusammengebracht. Hier im beschaulichen Berchtesgadener Land lag ihnen das Universum und die Macht offen, gut und böse. Richie traute sich nicht, zu äußern, dass er gerne nur mit geliebten Menschen sprechen würde. Die vom Wind getragene Musik, die sein Kopf einst immer wieder aufs Neue wiedergab, war nun verschwunden. Dafür sah er jetzt Dinge, von denen er nicht sicher sein konnte, ob sie real schienen oder auch so eine Art Eingebung. Wie dem auch sei, ohne seine Vorstellungen und Visionen wären Maximilian und er nicht so weit gekommen. Sie saßen beide in der Wiese, die Sonne strahlte und Richie schloss die Augen. Selbst blind huschten bunte Bilder an ihm vorbei. Das Reich von Magnus war ganz und gar nicht dunkel.

Vielmehr erzählte es Geschichten der Krieger, die jene auf der Erde selbst erlebt hatten. Die Erinnerungen nahmen sie mit nach Magnus. Dort lebten die Wesen weitaus glücklicher als in ihrer Zeit bei uns. Es schien die Vollkommenheit zu sein. Weder materiellen noch finanzielle Unterschiede, null Differenzen und kaum Macht vom einen über den anderen existierte hier, nichts wurde überschattet von Hass. Es gab kein Geld und weder dicke noch dünne Menschen. Magnus ist eine Erlösung von allen Zwängen, den Kriegen, Neid und Missgunst, da das Gute dort gewinnt. Richie spürte seinen Körper kaum mehr, als er da am alten Schlossgraben lag. Tiefe Meditation stellte sich ein und erlaubte ihm erstmals, den Ausführungen der Untoten zu lauschen. Die zwölf Häuser hatten sich geöffnet. Das Universum war hell erleuchtet und die Sternenbilder bewegten sich aufeinander zu. Sie schlossen einen Kreis. Den perfekten Zodiac, das Geheimnis des Lebens. Zunächst erfuhr Richie von Stimmen aus dem Tierkreis der Zeichen, wie einige Lebewesen dort drüben auf der anderen Seite mit gewissen Situationen auf der Erde umgegangen sind. Die Novellen spielten mitunter in der Zeit der Gladiatoren, dem Krieg und in Fantasiewelten der Umgang mit der vorläufigen Vergänglichkeit. Wie unendlich groß musste die Zufriedenheit der Verstorbenen jetzt sein

Kapitel 3

Das dritte Auge

Wie auch immer, Richie kämpfte in den letzten Wochen mit Spannungskopfschmerzen wie schon oftmals zuvor.

Er googelte diese Art der Pein. Somit fand er heraus, dass sein Chakra sich öffnet und er deshalb so viele besondere Erlebnisse hat. Allein die Wahrnehmung, die man nicht als Störung betrachten kann. Die Realität wie in der Matrix gab sich ihm preis, wie man es in Worten beschreiben kann. Richie war nun ein Teil der zwölf Häuser, ohne dass er es wusste.

Er kann nun erzählen von Dingen, die intensiver gar nicht sein können. Richie hatte nach dieser Öffnung des dritten Auges nicht nur fünf Sinne, sondern sechs. Er hatte die Zauberkraft. Die grenzenlose Liebe war zu ihm eingekehrt und damit folgen seine Ausführungen:

„Ich möchte Euch mitnehmen in eine Story, die kein Mensch von mir erwartet hat, wenn er mich heute sieht. Ich heiße Richie Reindl und ich sehe mit dem dritten Auge. Ich habe in Marzoll einen geheimen Zugang entdeckt zu Magnus, dem Eternia der Kraft, dessen Macht und Ausstrahlung. Folgt mir und meinen Freunden."

Kapitel 4

Beginn der Reise

Mariah, Max und Richie hatten sich am alten Schützengraben unterhalb des Weihers vor dem Schloss Marzoll zusammengefunden. Mein Freund war heute bereit, den beiden den geheimen Eintritt zu zeigen. Er erklärte nur noch kurz, wo im Körper das dritte Auge sitzt. Es war faszinierend.

„Diese alten Gemäuer, die wir nun alle bereisen, sind alle miteinander verbunden. Man will es kaum glauben, aber jedes einzelne Schloss steht unter einem Zeichen. Wie und warum, das werden wir gemeisam herausfinden", deutete Richie an und zeigte auf die Pforte der Burg.

Mariah strich sich durch die langen braunen Haare und lächelte. Sie war oft genug von Depressionen geplagt worden und es ging ihr bedeutend besser. Sie und Richie hatten sich schon im Krankenhaus ineinander verliebt. Der junge Mann hatte sie liebevoll „Kleiner Stern" getauft. Das kam wahrscheinlich auch ein wenig von seinem Faible für das Universum.

Nach dem Durchschreiten des Burgtores erklang eine Stimme in Richies Kopf:

„Marzoll steht im Zeichen des Gottes Hermes, dem Herrn des Handels und der Reisen. Schon von jeher wurde hier das Salz in der ganzen Region koordiniert in Form einer Zollstation. Die Römer wussten das bereits, nur dass sie ihre eigenen Götter für ihre ganzen Stützpunkte verwendeten. Tretet ein und seht es euch an. Im alten Festsaal steht ein großer Spiegel. Schaut hinein und findet es heraus."

Ein wenig nervös schlichen die drei Freunde durch den dunklen Gang. Der Boden knarzte und Mariah flüsterte vor sich hin, dass das ganz schön unheimlich ist. Die Wände im alten Schloss waren feucht und es roch muffig. Die Räumlichkeiten der damaligen Ritter und Zöllner lagen im ersten Obergeschoss, das über eine Wendeltreppe zu erreicht wurde. Jetzt hörten auch Max und die junge Dame säuselnde Geräusche.

„Sind das Stimmen oder was?", fragte Mariah ängstlich.

„Vermutlich ja, Kleines, die der Helden aus dem anderen Reich, das wir kennenlernen möchten, nicht wahr?, antwortete Richie.

Er konzentrierte sich vollends auf das dritte Auge und Informationen aus dem Chakra. Nun musste der Spiegel gefunden werden. Im Festsaal stand ein rundes Gebilde, abgedeckt mit verblichenem Stoff. Wenn er das nicht war auf der vermoderten Bühne, was dann? Max zerrte bereits an der rechten unteren Ecke und Richie löste ein gewobenes rotes Band ganz oben. Der Schleier fiel auf Grund der Nässe wuchtig zu Boden. Siehe da, das Gesuchte gab sich eindrucksvoll preis. Mariah stutzte kurz, wischte aber dann mit zittrigen Händen den ganzen Staub von diesem Kunstwerk des Mittelalters.

Wie gebannt blickten sie jetzt hinein und entdeckten zunächst wenig außer ihrem eigenen Abbild. Nur Sekunden später erklang eine Melodie und Richie wunderte nun gar nichts mehr. Er wurde bereits vor Monaten gerufen, verstand es damals nur noch nicht. Es tönten abermals die Götterfunken aus Beethovens Neunter durch seinen Kopf.

„Könnt ihr das hören", fragte er irritiert seine Gefährten".

„Was denn, Süßer?", erkundigte sich Max in dessen humorvollen Art mit Ironie.

„Beethovens Neunte, wie kann das sein, Leute? Der lebte lang nach den Masters und gar sicher nach der Aufstellung der Götter des Olymps." Richie raufte sich den Wuschelkopf.

„Das existiert nur in deiner Phantasie, Liebling", sprach Mariah. Im gleichen Atemzug ergänzte sie:

„Die Psyche hat vielleicht eine Vorliebe für dieses Werk und benutzte es, um dich auf den Weg hierher zu führen. Du hast es mir ja schonmal erzählt. Es ist einfach ein Mittel zum Zweck, um dich herbeizuholen, genau wie dein drittes Auge und die Macht, mehr Dinge zu sehen und fühlen als andere Menschen. Du hast vermutlich nun den kompletten Durchbruch geschafft zu den Sagen und Mythen der Unendlichkeit. Glauben wird uns das da draussen keine Sau, denke ich mal, aber das spielt nicht die Rolle, weil Max und ich dir komplett vertrauen."

Richie nickte mit einem lieben Grinsen und zündete sich eine selbstgedrehte Zigarette an. Leider reagierte der riesige Spiegel nicht mit einem erwarteten Phänomen. Kurz darauf saßen alle drei im Schneidersitz vor selbigem und grübelten, wie es nun weitergeht.

Nachdem Max etwas Holz gesammelt hatte und in den Festsaal für den offenen Kamin schleppte, blickte er erneut hinein. Er traute seinen Augen nicht:

„Das ist doch...ein Berg, der Staufen! Und er bebt, ein Erdrutsch vernichtet ihn, schaut doch mal her, Freunde!"

Mariah und Richie sprangen auf und stolperten hastig zu Max hinüber. Für einen Geologen wie meinen Freund zusätzlich interessant, was der Spiegel preisgab. Der Hausberg Bad Reichenhalls war in einer verzerrten und bizarren Optik abgebildet, welches rüttelte und sich hin- und herschob.

„Sagt mal, Leute, kann hier keiner reinkommen, so ganz spontan meine ich?", flüsterte Mariah, die immer aufgeregter wurde.

„Das soll doch auch keiner erfahren", fügte sie an.

Noch bevor sie mit ihrem Satz zu Ende war, zischte der Spiegel und forderte Richie mit einem Raunen auf, der durch den ganzen Saal hallte:

„Du gehst jetzt zurück in deine Kindheit, mein teurer Freund, da ich dich gerufen habe. Du wanderst auf den Staufen, euren Berg und wirst mich kennenlernen, ganz sicher. Das verspreche ich dir. Ich versetze dich jetzt virtuell zurück in die Zeit, die dich geprägt hat. Dein drittes Auge wird dich leiten, Richie! Es ist geöffnet. Nutze es, mein Kleiner."

Der Junge hat ein Vermächtnis. Das seines Vaters. Die Bibel bedeutete ihm nie viel. Er hat ihm neben Geld, etwas viel Wertvolleres hinterlassen.

Anweisungen und Heftchen zu allen Bergen der Region, den Gipfeln und der Kindheit des völligen Glücks. Sein Papa ist sämtliche Routen gegangen, die man sich nur vorstellen kann. Deswegen hat der junge Kerl auch nach langer Zeit wieder in sein Versteck geschaut. Dieser rosarote, in den Händen wärmende Stein mit dubiosen Zeichen als Inschrift lag da wie ein Stofftier, das wie alle anderen Dinge aus der Kindheit von Richie sorgfältig aufgehoben wurde.

Beim Umzug nach Bayerisch Gmain war sein Schatz wohl aufgetaucht heraus aus dem alten Holzverschlag im damaligen Schwarzbacher Reihenhaus. Seine Mutter verpackte den Stein wie alle anderen persönlichen Dinge des Jungen sorgfältig. Nichts ging verloren. Es stellte sich eine Erleichterung bei Richie ein, als er ihn sah. Zwar war dieser nicht sein stetiger Begleiter, aber nach dem

Karussell und der Irrfahrt durch die Psyche erinnerte er sich nur zu gern an seine Kindheit mit Mariah und den anderen. Die Unbeschwertheit, Leichtigkeit und Naivität, die ihm jetzt so fehlte, da er selber keine Kinder hatte, mit denen er Ähnliches erleben konnte.

Langsam war es doch an der Zeit, die Gravur, diese Inschrift endlich einmal zu entziffern. Richie musste nur herausfinden, in welcher Sprache sie gemeißelt wurde, denn im Reichenhaller Vorort waren neben den Etruskern auch die Kelten und später dann die Römer. Viele Jahre verwaltete der römische Zöllner Marciola den Salzhandel unter der Flagge des Reichs, das sich damals bis zum Hadrian´ s Wall nach Schottland ausdehnte. Richie war jetzt in einem Alter, in dem ihn Historisches interessierte, vielmehr aber sein

Fundstück. Stammte es gar aus dieser mystischen Zeit? Leider hatte er das Juwel seit dem erneuten Umzug der wieder nicht gesehen.

Richies Eltern verkauften nach dessen Auszug von zu Hause nämlich das Reihenhaus im Dorf. Seiner Mutter war es damals einfach zu groß und auch der Vater wollte lieber in Miete gehen und dafür mehr Fernreisen unternehmen.

Nachdem der Sohnemann aus dem Ausland zurückgekehrt war, kam er aber regelmäßig zu Besuch und stöberte immer wieder gerne im Keller bei den alten He-Man Figuren. Viele Utensilien lagerten dort und es gab freudige Überraschungen. Wie nicht anders zu erwarten, fiel ihm natürlich als erstes auch sein Farbensteinchen wieder ein. Wo könnte es dort unten sein?

Hoffentlich hatte der einstige Talismann den Umzug überlebt.

Im Berchtesgadener Land hielt bereits der Herbst Einkehr, der in den letzten Jahren oft mehr Sonnentage bot als die Sommermonate. Eine Verschiebung der Jahreszeiten, womöglich schon seit Jahrtausenden so. Richie ging gerne über die Brücke am Bach hinüber nach Österreich, machte Fotos oder wanderte mit seinem besten Freund zur alten Ruine Plainburg. Braungefärbte Blätter tanzten im lauen Septemberwind und schimmerten in der Abendsonne.

Ein ideales Bergwetter, das auch seine Eltern ausnutzten, bevor der Vater verstarb. Kurz nach dem Umzug des Sohnes in ein neues Appartement mitten im Zentrum Bad Reichenhalls kam ein sehr überraschender Anruf. Die alte Weggefährtin Mariah meldete sich aus ihrer Wahlheimat Augsburg. Dort hatte sie Journalismus studiert und anschließend eine tolle Anstellung in der Lokalpresse bekommen. Neben alten Erinnerungen tauschten die beiden auch Erlebnisse aus den vergangenen zehn Jahren aus, da man sich einfach so lange nicht mehr gesehen und gesprochen hat. Zu guter Letzt wurde auch der mystische Stein zum Thema:

„Du solltest ihn auf jeden Fall nochmals suchen, Junge", forderte ihn Mariah auf.

„Ich bin so neugierig und musste oft daran denken. Wenn du ihn wieder gefunden hast, würde ich dich sehr gerne mal wieder treffen. Natürlich auch sonst gerne. Vielleicht schaffen wir es irgendwie mit Hilfe des Internets herauszufinden, was die Inschrift bedeuten könnte. Das hatten wir ja damals alles nicht. Ich bin mir sicher, dass es sehr interessant wäre."

Richie versprach seiner Freundin, den Keller erneut auf den Kopf zu stellen und sich dann prompt wieder zu melden. Die Schatulle, in der er ihn immer aufbewahrte, war absolut unverkennbar. Ein purpurnes Rot mit Verzierungen, ein richtiges Omakästchen aus der Nachkriegszeit. Daneben lag eine Buch über Ikarus und dessen Reise in den Himmel.

Somit durchwühlte er alle bei den Eltern vorhandenen Kisten aus München, ebenso diverse Schachteln aus der Zeit im Ausland und siehe da: Bei den Erbstücken seines Großvaters, eingeklemmt unter einem alten CD Player lag das kleine Schätzchen und funkelte dem aufgeregten jungen Mann entgegen. Fast wie beim Fund mit

46

Mariah vor 30 Jahren steig sein Puls bestimmt auf über hundert, als er den edlen Stein behutsam heraushob. Viel zu lange war er in nutzlos dagelegen, befand er, letztendlich genau wie die Seelenschwester im Schwabenland. Bilder aus der Vergangenheit zischten wie Blitze an seinen Augen vorbei, die guten wie die schlechten. Die Gravur war immer noch deutlich zu lesen, dennoch in einer Sprache, die er einfach nicht deuten und einordnen konnte. Nun waren erst einmal Tante Google und diverse Foren online gefragt. Tagelange Recherchen ergaben schließlich: Es handelte sich um keltische Buchstaben. In der Tat fand man in Marzoll und Umgebung schon früh Münzen und Schädel der alten Kelten. Sie waren definitiv hier gewesen, da auch wohl deren Pfahlbauten in der Region existierten. Vor langer Zeit.

Mit Hilfe eines von Richie gut bezahlten Experten von Schriften und Zeichen gelang nach etwa zwei weiteren Monaten eine hoffentlich korrekte Übersetzung des eingemeißelten Satzes. Wohl mehrdeutig und geheimnisvoll entpuppte sich das Ergebnis. Für den Fantasten Richie nicht sonderlich überraschend nach so vielen Jahrhunderten voller Legenden, aber aufregend ohne Ende:

DER METEORIT ÖFFNET DAS PORTAL ZUR SCHATTENWELT JEDER JAHRESZEIT. FARBEN LEUCHTEN AN DIESEM TAG AUF DEM GIPFEL. DURCHLAUFE DIE STATIONEN.

Völlig aufgedreht und gespannt auf ein mögliches Rätsel mitsamt Abenteuer diktierte er nach der Rückkehr vom Übersetzer in Rosenheim das ganze Wortspiel natürlich seiner Freundin

Mariah. Sie reagierte ebenso freudig erwartungsvoll wie er selbst, was der Stein womöglich auslösen oder bewirken könnte. Träumen ist zu jeder Phase des Lebens erlaubt, nicht nur in der Kindheit.

Nun begann die Grübelei. Der Start einer neuen Jahreszeit… - ein Meteor? In geschichtlichen Aufzeichnungen versuchte Richie herauszufinden, wie weit die Kelten astronomisch schon gekommen waren. Führten sie bereits Berechnungen durch? Sicher in der Mariahhme, dass der Stein aus einer Zeitepoche stammte, musste er ja dann wahrhaft wertvoll sein, wenn auch nur mental.

Bei einem älteren Professor in der Stadt, den sein Onkel, ein Geschichtslehrer kannte, erfuhr er:

Frühjahr, Sommer, Herbst und Winter beginnen „meteorlogisch" am 1. März, 1. Juni, 1. September und 1. Dezember. Da mittlerweile schon Mitte Januar war, als Mariah und er nachzuforschen begannen, stand also das Frühjahr unmittelbar bevor. Die beiden fühlten sich ohnehin noch wie im Frühling ihres Lebens.

Während draußen noch dicke Schneeflocken ins Saalachtal rieselten, trafen sich die zwei Sandkastenfreunde bei Kerzenschein im griechischen Restaurant in der Fußgängerzone. Staunend beobachteten sie abermals in der Schatulle, wie der kleine keltische Brocken langsam aber sicher wieder seine Farbe wechselte.

„Irgendwie ist er so unregelmäßig kantig, so dass es aussieht, als wäre er aus einem noch viel größeren Felsen

heraus gebrochen, nicht wahr Mariah?",
bemerkte Richie.

„Aber wohl nicht aus einem Meteoriten,
wie der Spruch andeutet", entgegnete
ihm die junge Frau.

„Ich habe noch nie gehört, dass in all
den Millionen Jahren ein solcher in
unserem Landkreis eingeschlagen hat."

„Wer weiß, Kleine. Die Wissenschaftler
wissen auch nicht immer alles. Vielleicht
wurde eben auch durch unsere
Bergmassive einfach nie etwas
Derartiges entdeckt oder einfach
verdrängt. Weg geschoben von
Steinplatten, verstehst du?"

„Keine Ahnung. Am Ende des Satzes
werden die Gipfel und Burgen erwähnt.
Die Berge hier ringsum und dieses
Schätzchen hier mussten für die Kelten

auf jeden Fall wie für uns etwas ganz Besonderes sein, so viel ist klar. Richie, was hältst du davon, wenn wir am 1. März einfach mit dem Stein auf den Hochstaufen gehen und oben beim Kreuz warten, ob etwas passiert?", fragte Mariah.

„Es wird noch saukalt sein, aber ich nehme es natürlich in Kauf. Bin einfach auch zu neugierig und eventuell abergläubisch. Bis es soweit ist, werde ich alles über Meteoriten lesen, was ich finden kann."

„Ok, warum auch nicht." Mariah lächelte, denn jede Abwechslung zum Alltag in der Großstadt war ihr willkommen.

„Ich grabe in der Zwischenzeit in der Bibliothek der Augsburger Uni nach keltischen Bräuchen und dem ganzen Stamm allgemein."

Mariah und ihr alter Spezl verabschiedeten sich entschlossen und zufrieden. Auch wenn alles nur ein kindisches Hirngespinst sein sollte, interessant und auf gewisse Weise magisch war es bisweilen allemal.

Richie verlor in dieser Phase für eine Weile alle seine sozialen Ängste und aufwühlenden Erinnerungen aus der Jugend. Er besuchte das Keltenmuseum im österreichischen Nachbarort. 300 Jahre vor Christus siedelte dieses Volk in fast ganz Europa während der so genannten Eisenzeit. Sogar große Religionen wie der römische Mithranismus und das darauf basierende Christentum übernahmen Bräuche und Feste wie Weihnachten und Ostern von den alten Vorfahren dieser Epoche.

In der gut besuchten Ausstellung erblickte der junge Mann auch eine Vitrine mit Gesteinsproben. Sie ähnelten dem Seinen ein wenig, lediglich waren sie nicht mit Beschriftungen oder Symbolen versehen.

Als der Februar schon ein paar für die Region ungewöhnliche sonnige Tage brachte, wanderte Richie mit seinem besten Freund Andreas auf die Gotzenalm bei Berchtesgaden. Sein geliebter Vater hatte dort in jungen Jahren mit dem Alpenverein schon rauschende Feste gefeiert. Ein zauberhafter Blick hinunter zum Königssee bot dieser Ort neben uriger Gemütlichkeit in der Hütte. Die langjährigen Kumpel übernachteten diesmal auch dort. Vom antiken

Fundstück ließ Richie seinen Kompagnon aber nichts wissen. Das Versprechen an Mariah sollte ein Leben lang gelten.

Nachdem der vom langen Gehen sichtlich erschöpfte Andreas sich schon niedergelegt hatte, nahm Richie seine tägliche Tablette ein, die eine reine vorbeugende Maßnahme gegen Angstzustände ist.

Die altkeltischen Pfahlbauten und das Leben vor tausenden von Jahren inspirierten ihn zu einem kleinen Text, den ich Euch nicht vorenthalten möchte:

„Vereinzelt schieben sich kleine Quellwolken vor die Sonne. Die Luft ist klar und rein hier oben, fernab der Hektik dort unten. Ich trinke ein Glas Bergbauernmilch von frisch gemolkenen Kühen. Die Natur, unser aller Ursprung ist mir hier näher denn je, besonders in dieser Jahreszeit. Sicherlich haben unsere Steinzeiteltern diese ebenso geschätzt wie meine Familie. Sie nahmen sich nur, was sie brauchten. Ein Stein wie meiner galt gewiss als eine Art Statussymbol, eventuell sogar mit einem Zauber belegt. Es ist mir eine Ehre, ihn jetzt zu besitzen. Doch gehört er mir wirklich? Egal, mir fällt beim Anblick des Watzmanns nur noch ein Zitat von Ganghofer ein, bevor ich auch ins Bett gehe:

Wen Gott lieb hat, den lässt er fallen in dieses Land. Mein Berchtesgadener Land.

Wie kann man nur so Recht haben? Gute Nacht."

Er lächelte, rauchte noch einen selbst gedrehten Indianertabak und legte sich in die vom Holzkachelofen gewärmte Stube.

In den darauf folgenden Wochen entschloss sich Richie, den Stein zu einem weiteren Gutachter zu bringen. Er wollte nämlich zudem erfahren, ob die Beschaffenheit überhaupt in die Alpen passt und wurde den Gedanken nicht los, dass er womöglich aus dem All stammt. Der Schriftenforscher konnte ihm das nämlich zuvor nicht Mariah antworten.

Er behielt wahrhaftig Recht; die Folge war selbstverständlich ein euphorischer Anruf bei Mariah:

„Hör´ mal Mädchen!"

Der Kerl hielt das Handy jetzt mit erhöhtem Blutdruck in seiner feuchten Hand.

„Unser Fund ist tatsächlich ein Splitter eines Meteoriten! Ich habe es nun schwarz auf weiß."

Mariah reagierte ebenfalls fassungslos, aber im Positiven. Richie fuhr ungehindert fort:

„Wenn ich jetzt an die Inschrift denke, Kleines….unglaublich! … ist er laut unserer Kelten ein Schlüssel, oder nicht? Portal, Alpen, die wechselnden Farben, das ist doch nichts Gewöhnliches. Ich bin so aufgeregt."

„Geht mir genauso, Richie. Ich weiß gar nicht, was ich sagen soll, aber vielleicht sollten wir einfach ruhig bleiben. Vor soll langer Zeit haben sich die Menschen doch unendlich viele Märchen erzählt."

„Umso eine Stein zu gravieren, noch dazu nicht von unserem Planeten stammend? Ich weiß nicht, Mariah."

„Unter anderem bestimmt, Schätzchen. Aber weißt du was? Erwarte nicht gleich das Wunder. Mein Semester endet bald, wir stürmen einfach mal wieder einen Gipfel und sehen uns dort genauer um. Mit dem Stein, am 1. März, bei Wind und Wetter, ok?"

Die Sache war somit geritzt und die beiden Kinder von einst ließen als Pioniere der Alpen am meteorologischen Frühlingsbeginn ihren Worten Taten folgen.

Man wählte zuerst den Reichenhaller Hausberg „Hochstaufen" aus. Schon Richies Großvater faltete früher die Hände, wenn er im Sonnenschein auf dieses Bergmassiv blickte. Auf einem

Nebengipfel richtete der Alpenverein alljährlich das Sonnwendfeuer aus, das man vom Tal aus sehen konnte.

Mariah und Richie erwischten einen kühlen aber trockenen Tag zum Aufstieg. Mit etwa vier Stunden Gehzeit muss man rechnen. Bei den Brotzeitpausen diskutierten die zwei Freunde immer wieder. Richie philosophierte und träumte dabei zunehmend. Mariah versuchte, ihn jedes Mal zu beruhigen. Wenn es um Magie und Geheimnisse geht, war ich bisher der Annahme, dass Frauen viel euphorischer und aufgedrehter sind als Männer. Hier war das Gegenteil der Fall. Tief im Inneren glaubte aber auch Mariah an etwas Besonderes und Außergewöhnliches. Das muss ja nicht zwangsläufig mit Zauberei oder Übersinnlichem zu tun haben.

Die Welt ist voll von Legenden. Wünsche und Hoffnung prägen jeden Menschen und das Leben. Richies Vater stand immer hinter seinem Sohn, egal wie viel Mist dieser auch gebaut hatte. Für sich selbst kämpfte er bis zuletzt. Ein Grund mehr, vielleicht einen Mythos der Alpen zu entdecken für die große Liebe dieser Familie. Bergfex bleibt man ein Leben lang.

Kapitel 5

Sagen, Mythen und das Eintauchen

Die Landschaft des Berchtesgadener Landes ist geprägt. Vom Watzmann, dem Staufen, dem Untersberg, der schlafenden Hexe und der Reiteralm. Man erzählt sich seit Jahrhunderten viel, wie diese Berge wohl entstanden sind, Könige, das Böse und seine Schergen kommen in den Geschichten vor.

Bevor Mariah und Richie endgültig am Gipfelkreuz des Hochstaufens ankamen, fragten sie sich nur noch:

„Wie sah es von hier oben aus zur Zeit der Etrusker, Kelten und Römer, wenn man von der Saalach bis hinüber ins heutige Salzburg blickt?"

In der noch sehr schwachen Mittagssonne hob gerade in diesem Augenblick eine Maschine vom Flughafen ab. Bad Reichenhall trug noch einen leichten Nebelschleier. Die Luft war klar und frisch. Richie angelte den mystischen Stein aus der Gürteltasche und betrachtete ihn lächelnd auf seiner Handfläche. Mariah strich ihre Hand darüber und sagte:

„Er ist warm und weich. Leicht bläulich schimmert er, oder? Passt gut zu deinem Designerpulli, Richie. Auch beim Bergsteigen legst du wert auf deine Klamotten. Jedenfalls war er damals im Wald in unserer Kindheit eher rot, manchmal auch gelblich, wenn ich mich da so zurück erinnere."

„Ja", entgegnete Richie.

„Weil er eine Kraft hat, die nicht von der Erde stammt."

„Na, das sollten wir doch hier und jetzt ausprobieren dürfen, oder nicht? Nur zwecks der Aussicht bin ich nicht heraufgestiegen."

„Nicht? Wieso?" Richie schmunzelte.

Mariah nahm den Stein in die Hand und spazierte damit quer über die gesamte Gipfelterrasse. Für einen Schlüssel müsse es ja ein Loch geben. Die Sicht über das Tal hellte immer mehr auf.

Plötzlich und schmerzverzerrt ließ die junge Frau den Keltenschatz fallen und schrie laut auf.

„Was ist los, kleiner Stern?", rief Richie entsetzt.

„Heiß, das Ding ist auf einmal heiß wie Feuer, Kollege! Meine ganze Hand brennt, verdammt!"

Richie stolperte verdutzt über die glatten Felsspalten und schlitterte ins Gras. An der Stelle, an der Mariah den Stein hinschleuderte, rauchte und qualmte es am ganzen Boden. Der Junge prüfte noch in Sekundenschnelle seinen umgeknickten Knöchel, bevor beide Freunde in Richtung der Staubwolke robbten.

„Da passiert doch etwas. Unglaublich!"

Mariah kämpfte mit den Tränen vor lauter Schmerz an ihrer Hand.

Wie durch eine Naturgewalt ausgelöst riss der Grund einen Meter neben den mittlerweile lodernden Flammen und die Kuppe des Hochstaufens begann, sich meterweit zu öffnen. Unsere beiden Abenteurer verfolgten den Vorgang fassungslos.

Ein glühender Lichtstrahl schoss empor und berührte den Himmel, wahrscheinlich sogar das Universum. Mariah und Richie riss es wie in Trance in einen Strudel der Zeit. Bilder huschten in den Köpfen meiner beiden Freunde vorbei, die gesamte Geschichte der Menschheit, das Entstehen der Masters, die sieben Weltwunder, ja sogar Gott persönlich zischte ihnen ins Ohr. Die zwei Freunde befanden sich nach dem Aufschließen des Keltentors nicht mehr in einer für uns Sterblichen normalen Welt mit Zeitrechnung oder Tag und Nacht.

Jemand begann zu sprechen. Jener erläuterte gleich von Anfang an, dass Mariah und Richie eingeläutet hätten, in eine Ära zu gelangen, die sie sich für sich selbst immer gewünscht haben. Alle ihre Träume vom bisherigen Leben würden in Erfüllung gehen.

Richie wünschte sich oftmals sehnlich Frieden und ein Held oder Vorbild zu sein, in der Jugend nicht so gehänselt worden zu sein und dennoch mit seinen Vertrauten verbunden zu sein.

Mariah hingegen träumte wie viele Mädchen immer wieder von Königsfamilien, Prinzessinnen und einer Welt, die neue Dimensionen erreicht als die bisher bekannte es tat.

Die Gedanken und Wünsche der Freunde aus Bad Reichenhall wurden dermaßen real, dass damit eines der größten Abenteuer entstanden ist, das sich ein einzelner Mensch jemals ausdenken kann. Doch ist es lediglich erdacht? Was ist wahr und was nicht?

Die Erlebnisse von meinen Protagonisten sind jedenfalls so real wie das Wasser, das auf die Erde niedergeht, wenn das Firmament warum auch immer einmal wieder weinen muss.

Mariah und Richie befinden sich nun in einer Parallelwelt. Sie spielt sich sowohl auf der Erde auch in Überlieferungen der Masters ab. Dort, wo Wesen zu Licht werden.

Richies neues Ego verleiht ihm eine Macht, die Korridore des Lebens endgültig für ihn passend zu erschließen: Seine Fantasie hat freien Lauf und darf durch den Stein Schriften ändern.

Wollten die Kelten das für jeden Glauben? Wessen Auftrag war es, ihm das zu ermöglichen?

NEIN! Der Meteorit kann denken. Er befördert seine Besitzer von der „Lichtwelt" in ein paralleles Schattenuniversum.

.

Mariah und Richie befanden sich in einer Geschichte von Gut und Böse.

Der menschlichen Vergangenheit genehmigt, erteilte der Meteorit seinem Schützling einige Befehle. Er leuchtete immer noch in unterschiedlichsten farblichen Facetten.

„Richie, du bist ein Bürger der Erde, der die Wahrheit immer gesucht und nun auch gefunden hat. Matthäus hat in seinem Stammbaum Jesu und dessen Geburt gleich am Anfang seines Evangeliums viele Fehler gemacht. So etwas schleicht sich schon einmal ein, wenn man nicht selbst dabei war. Ich beobachte diesen Planeten, seit ich hier bin und ernenne dich nun zum Kommissar der Fantasiereise."

Richie schluckte tief, nahm Mariahs Hand und war bereit, die Reise anzutreten. Seine liebe Freundin, der *knuffige, kleine Stern* ebenso. Begleitet sie ins Schattenreich.

Kapitel 6

Der Meteorit gibt Ergebnisse preis

Der Meteorit offenbarte Richie und Mariah Aufzeichnungen aus so vielen Storys, womit auch die Epochen gemeint sind, dass sie nicht mehr aus dem Staunen herauskamen.

Unsere beiden Neulinge der befanden sich wie in einem Film, der ihnen Ergebnisse lieferte, die kein Mensch bisher erleben dufte.

Welche Rolle spielen die Götter in der Erkundung der Geschichte dieses Planeten? Nun, sie sind wie eine Uhr aufgebaut, die immer wieder von Neuem beginnt und sich regeneriert wie die Evolution an sich.

Der Meteorit ist nur ein kleiner Beweis, dass das einzige, was man als Herrgott bezeichnen dürfte, allein das gesamte Universum an sich ist. Die vorhandene Materie.

Richie und Mariah werden nun dorthin geschickt, wo sie existieren: Die erfundenen Mythen aller Epochen der Spezies Mensch auf der Erde, jenem winzig kleinen Punkt mitten in der Unendlichkeit der Galaxie. In die Schattenwelt. Doch wer beherrscht diese?

Hufe donnerten über Gestein. Wind und Regen peitschten ihm ins Gesicht, noch im wilden Galopp zog er sein Schwert, die blauen Augen fest auf das Ziel gerichtet.

Ein tiefer Atemzug, dann warf er sich aus dem Sattel. Leilas Wiehern erreichte ihn nur dumpf, als sich die Zeit für ihn verlangsamte. Eins, zwei... drei... vier Pfeile schossen in die Richtung der Feinde und jeder traf sein Ziel mit einer ungezähmten Wucht. Eine Kreatur nach der anderen stürzte mit einem Todesschrei zu Boden. Als Richie auf den Füßen landete, hatte sich die Zeit normalisiert und vier Tiere aus dem Schattenreich lagen tot auf der Brücke, die zur Festung führte. Keine Zeit, um aufzuatmen. Er zog sein Schwert und stürzte sich ins wilde Getümmel.

Innerhalb weniger Tage waren die Monster, die er niedergemetzelt hatte, wieder zu neuem Leben erwacht. Obwohl die Verheerung seit zwei Jahren gebannt war, kehrte der Blutmond immer wieder zurück. Und mit ihm jene, die längst nicht mehr auf dieser Welt wandeln sollten.

Egal wie viele sie töteten, wie sehr sie in den letzten zwei Jahren auch versuchten, Marzoll wiederaufzubauen, es war die reinste Sisyphusarbeit. Ganons Kreaturen tauchten jedes Mal auf, töteten die wenigen Menschen, die nach der Verheerung überlebt hatten. Es fehlte ihnen an Soldaten, Handwerkern… und obwohl sich Richie dank des magischen Steins von Ort zu Ort Teleportieren konnte, war er nicht immer schnell genug.

Dieses Mal war das Glück auf seiner Seite. Er war am Stall von Marciola hierher teleportiert, hatte Leilas aus dem dort geholt und war hoch zur Festung geritten.

Sein Schwert durchbohrte den schweren, massiven Körper des Gengners, der für gewöhnlich immer auf dem Exerzierplatz erschien. Irgendwie hatte er es bis zur Brücke hoch geschafft und hatte auf die Mauern eingeschlagen.

Als der Koloss mit seiner riesigen Hand nach ihm schlug, stieß sich Richie von ihm ab, wirbelte durch die Luft und nahm einen weiteren Atemzug. Wieder verlangsamte sich die Zeit, er zielte auf das Auge, als sich das Monster ganz langsam zu ihm herumdrehte und zog einen antiken Pfeil. Benni versorgte ihn regelmäßig mit den solchen, dennoch musste er die Feinde, bei denen er sie anwendete, sorgsam wählen.

Ein Schuss, und das Vieh löste sich in einer blauen Druckwelle auf.

„Der Hauptmann!", hörte er jemanden von oben schreien. „Hier oben!"

Die Bauarbeiter, die sich vor den fliegenden Wächtern versteckt hatten, zeigten sich auf dem mittleren Bereich der Festung, winkten verzweifelt und glücklich zugleich, über seine Ankunft.

Verflucht!

Er wollte brüllen, ihnen begreiflich machen, dass sie sich verstecken sollten, doch der Wächter hatte sie bereits entdeckt. Sein roter, tödlicher Lichtstrahl, der sich sonst immer auf Richie gerichtet hatte, nahm die Männer ins Visier.

Richie ging auf die Knie, er spürte die brodelnde Kraft des Ornis, die sich zu seinen Füßen sammelte. Hannes gab ihm den nötigen Stoß, als er mit dem Druck einer Kanonenkugel gen Himmel schoss. Er war nicht hoch genug geflogen, hatte den Wächter noch nicht erreicht, um sein Auge ins Visier nehmen zu können.

Gleich würde der Laserstrahl abgefeuert werden.

Richie holte im Flug den Bogen hervor, zielte mit einem Holzpfeil auf den Wächter und schoss. Er musste ihn ablenken, um die Aufmerksamkeit auf sich ziehen!

Tatsächlich traf er den Wächter am Kopf, die Maschine rotierte einen kurzen Augenblick lang benommen, feuerte willkürlich um sich. Er sah den Lichtstrahl kommen und ließ sich sofort fallen. Der Laserstrahl schlug direkt hinter ihm ein und zerstörte eine der Kanonen. Schwere Splitter flogen umher, einer traf ihn hart in den Rücken.

Ein schmerzhafter Schrei tobte in seiner Kehle, doch dafür war keine Zeit. Er landete auf dem Boden, aktivierte wieder Hannes Sturm und schoss erneut in die Höhe. Und noch einmal. Bis er sich mit der Maschine auf Augenhöhe befand, erst da riss er den Bogen hervor und feuerte erneut mit einem antiken Pfeil. Er vernichtete einen nach dem anderen.

Er musste die Menschen hier beschützen. Instinktiv. Mariah und er waren die einzigen, auf die sich die Verbliebenen in diesem verfluchten Land verlassen konnten.

Sein Körper war es gewohnt, zu kämpfen. Noch bevor sein Verstand das nötige Signal gab, reagierte jener, wich aus und schlug zu.

Wie viel Zeit war vergangen, als er endlich die Spitze der Festung erreichte? Der Regen hatte aufgehört, Hannes Sturm war aufgebraucht und auch Daruks Kraft verlangte Zeit, um sich zu regenerieren.

Kaum spürte Richie wieder den Boden unter seinen Füßen, brach er fast zusammen. Er atmete schwer, wischte sich das Blut von der Stirn. Woher kam die Wunde?
Erst, als die Gefahr gebannt war, entspannte sich sein Körper ein wenig. Just in diesem Augenblick setzte der Schmerz wieder ein, den er bis eben ignoriert hatte.

Richie gab keinen Ton von sich, kniff ein Auge zu und versuchte den Schmerz wegzuatmen.

„Vergebt uns, Hauptmann!"

An den Titel konnte er sich noch immer nicht gewöhnen.

Die Männer sammelten sich um ihn herum, einer wollte seine Wunden untersuchen. Ein Medicus, aus Piding. Zum Glück bekam jede etwas größere Gruppe jemanden aus dem medizinischen Team zugeteilt. Leider schafften sie es nicht, die Leute schnell genug auszubilden, ob in der Versorgung, oder der Kampfkunst. Es gab selten Anwärter, die Gefahr getötet zu werden, war einfach zu groß.
Richie schob die Hand des Medicus sanft zur Seite.

„Verletzte?", wollte er wissen.

Die Männer wirkten erleichtert und schüttelten die Köpfe.
Der jüngste in der Gruppe war vielleicht gerade mal sechzehn, der älteste um die

sechzig herum. Sie konnten nicht wählerisch sein.

„Ihr seid gerade noch rechtzeitig erschienen."

Richie zählte neben den Arbeitern drei Soldaten. Nur drei… mehr konnten sie nicht entbehren… nach jeder Blutmondphase musste es schnell gehen. Selbst bei Sturm und Regen.

Er machte eine Handbewegung und deutete den Männern an, bitte weiterzuarbeiten.

„Ihr seid verwundet!"

Der Medicus, ein junger Arzt, bestand darauf, Richie zu untersuchen.

Er schüttelte den Kopf, deutete nördlich, in die Richtung des Stalls. Dort würde er sich die nötige Versorgung holen. Die Männer verstanden, betrachteten ihn dennoch besorgt.

„Richie?"

Mariahs Stimme ertönte in seinem Kopf.

Erneut zeigte er den Männern an, weiterzuarbeiten und warf dem Medicus einen strengen Blick zu. Schließlich gaben sie nach und verließen die Spitze des Turms, um ihrer Arbeit wieder nachzugehen. Es fehlte nur noch die Nordseite, dann waren die Renovierungen an der Festung vorerst beendet.

„Richie!"
Erst, als die Männer weg waren, lehnte er sich an einen Baum. Er keuchte, leise, der Schmerz jagte seine Wirbelsäule rauf und runter, zerrte an den Nerven.

Wieder versuchte er, es zu unterdrücken, er durfte sich nichts anmerken lassen. Andere Dinge hatten oberste Priorität. Es waren keine schweren Wunden, das schaffte er auch allein.

„Ja?"

Er konnte hören, wie Mariah erleichtert aufatmete.

Alles in Ordnung?

Richie warf einen Blick am Turm hinunter. Die Brücke stand noch. Zum Glück. Sie nahm die meiste Zeit in Anspruch, in den letzten zwei Jahren war sie bestimmt dutzende Male wieder aufgebaut worden.

„Es gibt keine Verletzten. Der Turm ist stabil, null schwere Schäden. Einige

Kanonen wurden beschädigt, das war meine Schuld."

Mariah atmete schwer aus. Sie zögerte kurz, bevor sie ihre Frage stellte:

„Bis du mir einen Statusbericht über das Gebäude gibst, würde ich gerne wissen, wie es dir geht. Bist du verwundet?"

Richie wusste, dass Lügen sinnlos war.

„Ich gehe nun runter zum Stall."

Ob er unbeschadet unten ankommen würde, wusste er nicht. Seine Füße wollten ihn nicht mehr tragen, sein Körper schrie nach Schlaf und Erholung.

Schaffst du es ins Dorf Karlstein?
Sie ahnte etwas, sonst stellte sie ihm diese Frage nicht. Würde er mit nein antworten, wäre klar, dass er schwerer

verwundet war, als er zugab. Und stimme er zu, wüsste sie dennoch, dass es ihm nicht gut ging. Er musste geschickt ausweichen.

„So schlimm ist es nicht. Ich fliege runter zum Stall und lege mich ein wenig hin, Hoheit. Macht euch keine Sorgen."

Mit diesen Worten beendete er das Gespräch. Niemals würde er es zu den Karlsteinern schaffen, weder auf dem Pferd, noch zu Fuß.

Richie sah zu den Kanonen rüber, südlich von ihm lag das Berchtesgadener Hochland. Er konnte Berge und die hügelige Landschaft von seiner Position aus deutlich erkennen. Dahinter lag das Reich Karlstein.

Im Normalfall und mit Hannes Hilfe, würde er schnell dorthin gelangen, aber sein jetziger Zustand erschwerte ihm sogar das Atmen.

Richie kehrte dem Berchtesgadener Hochland den Rücken zu. Es war nicht nur die Wunde, sein Stolz verbot es ihm, verwundet vor den Karlsteinern zu erscheinen. Einige von denen hatten noch immer kein besonders gutes Bild von ihm, da musste er ihnen nicht auch noch zusätzlich Angriffsfläche bieten. Vor allem aber wollte er sich nicht vor dem Prinzen derer so schwach zeigen. Wie würde er dastehen vor ihm? Vor Emanuel?

Bei der Erinnerung an seinen Namen, spürte er einen weiteren Schmerz, tief in der Brust. Vor zwei Jahren, als Richie aus dem Schlaf des Lebens erwacht war, orientierungslos, ohne jede Erinnerung, alleine und auf sich gestellt, war es Prinz Emanuel gewesen, der ihm Mut gemacht und ihn aufgebaut hatte. Er war es, der Richie das Gefühl gegeben hatte, nicht nutzlos zu sein.

Wie es ihm wohl ging? Sein letzter Besuch im Dorf der Karlsteiner lag jetzt so lange zurück. Eine gefühlte Ewigkeit.

Der Schmerz in seiner Brust wurde stärker, sein Herz zog sich zusammen.

Richie biss die Zähne zusammen, schob seine Gefühle beiseite und machte einen weiteren Schritt nach vorne.

Die Männer bauten ein Stück unterhalb von ihm ein paar zerstörte Gerüste wieder auf und machten sich erneut an die Arbeit.

Als Held durfte er nie Schwäche zeigen, die Menschen sahen zu ihm auf. Da gab es keinen Platz für Gefühle, denn die Aufgabe war noch nicht erfüllt.

Er wischte sich über die Schläfe und versuchte, das leichte Zittern in seinen Beinen zu ignorieren. Wieder holte er das Parasegel hervor, trat an die Brüstung. Er pfiff nach Leila, damit sie ihm zum Stall folgte, dann stürzte er sich in die Tiefe. Sekunden später öffnete er das Segel und flog in die Richtung der Burg von Marciola.
Noch im Flug begann seine Sicht zu schwinden. Hinter sich konnte er Leila hören, doch um ihn herum wurde es schlagartig still. Das bunte Laub der Bäume verfärbte sich schwarz, der Himmel tat es ihm gleich. Dann fiel er in eine Finsternis.

„Richie!"

Er hörte Mariah, schaffte es jedoch nicht mehr, ihr zu antworten. Das Segel entglitt seinen Händen, er stürzte in die Tiefe.

„Da bist du ja wieder."

Richie riss die Augen auf. Erschrocken sah er sich um und musste feststellen, dass er sich schon erneut in den Ruinen befand. Seit einer Weile hatte er immer wieder diesen verrückten Traum. Jedes Mal, wenn er sich im Tiefschlaf wägte, öffnete er an einem anderen Ort die Augen. Er war umgeben von Ruinen, irgendwo tief in den Bergen. Es gab weder einen Eingang, noch eine Öffnung, durch die Tageslicht fallen konnte. Das Einzige, was ihm hier Gesellschaft leistete, war der rothaarige Bursche, dort drüben.

Ein Mann, von großer und muskulöser Statur, dessen Körper mit vergoldetem Schmuck verziert war. Sein langes, feuerrotes Haar fiel ihm um die Schultern und umrahmte sein Gesicht, wie die stolze Mähne eines majestätischen Löwen.

„Was ist diesmal passiert? Du schläfst selten so tief, dass du hier auftauchst."

Er war jung, nur ein wenig älter als Richie selbst. Seine Erscheinung hatte etwas Respekt einflößendes an sich. Die Haltung, die Art, wie er sprach und wie er sich bewegte.

„Warte, lass mich raten, dieser Blutmond ist wieder eingekehrt und du hast dich damit verausgabt, die ganzen Monster niederzumetzeln. Dabei sind dir vermutlich vor Erschöpfung die

Lichter ausgegangen, hab ich recht? Es wäre nicht das erste Mal."

Richie schnaubte, eine leichte Röte brannte auf seinen Wangen. Aus dem Mund klang das furchtbar, als wäre er ein Schwächling, der nichts aushielt.

Der Mann, der sich ihm als Alexander vorgestellt hatte, lachte. Er erhob sich von dem steinernen Eber, auf dem er bis eben gesessen hatte und kam auf Richie zu. Für so einen breit gebauten und großen Kerl, bewegte er sich überraschend leichtfüßig.

Ein seltsamer Traum, für den er sich wirklich schämte. Natürlich war es kein Verbrechen, in seinen Visonen schöne Männer erscheinen zu lassen. Doch vielleicht wäre es nur halb so peinlich, wenn er dem Kerl wenigstens beim nächsten Mal obenrum etwas anziehen würde.

Die Hose stand ihm ausgesprochen gut und untermalte die, für das asylsuchende Wüstenvolk typische, dunkle Hautfarbe.

Alexander streckte die Hand aus, vergrub sie in Richies Haar. Seine goldenen Augen leuchteten unnatürlich und doch lag da etwas sanftmütiges in dessen Blick. Der Impuls, die Hand wegzuschieben und sich zu wehren, hielt nicht lange, stattdessen entfuhr Richie ein leises Seufzen. Niemals hätte er sich von jemandem auf diese Weise berühren lassen und zugegeben, dass er es genoss. Aber hier, in jenem Traum, spielte es keine Rolle.

Seine andere Hand legte sich auf Richies Rücken und zog ihn enger an sich.

Die sanfte Röte auf Richies Wangen vertiefte sich, als er an die starke Brust gedrückt wurde. Er keuchte überrascht, denn Alexanders Hand schob sich frech unter sein Reckengewand und begann seinen Rücken mit Druck zu massieren. Er ließ die kühlen Finger auf und ab wandern, entlockte Richie damit ein Stöhnen. Sofort presste er sich die Hand auf den Mund, aber es war zu spät. Der andere hatte es gehört.

Alexander schnaubte, sein Atem kitzelte Richies Ohren.

„Das gefällt dir, hm?"

Mit einer Hand hielt er ihn fest an sich gedrückt, mit der anderen massierte er seinen Rücken weiter auf und ab, bis er mitten in der Bewegung stoppte.

„Hier", brummte er und legte die Handfläche auf einen Punkt, unterhalb seines Schulterblatts. Eine ungewohnte

Wärme breitete sich sofort darauf aus und durchströmte ihn. Wieder seufzte Richie, dieses Mal gedämpft und in seine Hand hinein.

Es war, als würde die gesamte Erschöpfung der letzten Zeit, von ihm abfallen. Die Bedrückung, Ängste und Sorgen, die sich in Form einer dunklen Masse in ihm gesammelt zu haben schien, löste sich mit Alexanders Massage in Luft auf.
Richie schloss die Augen und lehnte sich an die Brust. Sein Körper gab sich hin und vergaß für den Moment alles, was ihn beschäftigt hatte.

„Besser?", wisperte ihm Alexanders Stimme zu und ließ Richie erneut wohlig schaudern.

Es war nur ein Traum, also war es in Ordnung.

„Noch ein bisschen..."

Alexanders Körper bebte, als er lachte, aber er ließ nicht von ihm ab, massierte ihn mit sanftem Druck weiter.

„War ein furchtbarer Tag, hm?", fragte er mitfühlend.

„Hm."

Zu mehr war Richie nicht in der Lage. Noch nie hatte er sich so entspannen können, besonders nicht in der Gegenwart einer anderen Person.

„Willst du es mir erzählen?"

Richie schüttelte den Kopf. Er wollte nicht darüber sprechen, nicht einmal mehr daran denken. Er kostete es aus, bevor er wach wurde.

Wieder lachte Alexander beugte sich tiefer zu Richie hinunter.

„Was möchtest du stattdessen tun?"

Richies Ohren leuchteten mittlerweile so scharlachrot, wie Alexanders Haare.

So langsam wurde die Luft in der Höhle heißer. Schnell löste er sich, wenn auch widerwillig aus der Umarmung.

„Reden, ich meine, über etwas anderes reden."

Warum wurde er jetzt so rot und wieso war es ihm peinlich, schließlich war dies nur ein Traum und Alexander nichts anderes, als sein hauseigenes Hirngespinst. Er sehnte sich nach Berührungen, nach einer weiten Brust, an die er sich lehnen und die die Welt da draußen für einen Moment lang vergessen konnte. Aus dem Grund hatte sein Verstand doch diesen Ort und den Mann erschaffen.

„Dann komm, mein Freund."

Er nahm Richie sanft an der Hand und führte ihn zum Lagerfeuer, das hier unten immerzu brannte.

„Erzähl mir, habt ihr Fortschritte gemacht?"

Gemeinsam ließen sie sich am Feuer nieder und Richie begann zu berichten. Vom Wiederaufbau Hammeraus, den immer wieder kehrenden Problem, die ihnen der Blutmond bereitete.

Mit Alexander war es so leicht, es fiel ihm nicht schwer, ein Gespräch aufrecht zu halten. Zwischen ihnen fühlte es sich so ungezwungen und erfrischend an.

„Ihr müsst nach der Ursache suchen."

Alexander sah gedankenverloren ins Feuer.

„So lange ihr nicht den Kern allen Übels vernichtet, wird euch die dunkle Macht keine Ruhe geben. Euer Vorhaben ist kaum machbar, was ihr aufbaut, wird zerstört. Und du kannst nicht überall gleichzeitig auf Monsterjagd gehen."

Richie kräuselte die Stirn und sah ihn irritiert an. Die war die Verheerung des Berchtesgadener Landes, oder etwa nicht?

„Wir haben die Verheerung gebannt!"

So oft war er schon hierher gekommen. So oft hatte er mit Alexander am Feuer gesessen, sie hatten viel miteinander geteilt. Doch so, wie er Richie gerade ansah, hatte er ihn noch nie angesehen. Der Blick ließ dem jungen Recken das Blut in den Adern gefrieren. Von der Sanftmut war nichts mehr darin zu sehen.

„Geht in der Geschichte zurück. Sucht dort nach einer Antwort. Der Fluch ist unterbrochen worden, somit auch der Fluss der Zeit. Mehr kann ich dir nicht verraten."

Alexander wandte den Blick zur Seite.

„Du solltest gehen. Sie warten auf dich."

Moment, was wollte er damit sagen?

„Aber!"

Er ließ Richie nicht mehr zu Wort kommen, hob die Hand und winkte ab.

„Geh nach Hause! Und sieh zu, dass du dich ein wenig erholst. Wage es nicht, so schnell wieder hier aufzukreuzen, hast du mich verstanden?"
Bevor er ein weiteres Wort sagen konnte, verzerrte sich auch schon das Bild vor seinen Augen. Alexander löste sich auf, die Höhle verschwand. Stattdessen starrte er an die Decke des Stalls.

Er blinzelte ein paar Mal, brauchte ein paar Atemzüge, bis er realisierte, dass er aus dem Traum gerissen worden war.

„Hylia sei dank, er ist wach!", rief jemand.

Der Medicus, der sich mit auf der Festung befunden hatte, tauchte neben ihm auf. Diesmal achtete er nicht auf die Proteste, untersuchte Richie genauestens. Seinen Puls, die Herztöne.

„Müsst ihr euch übergeben? Verspürt Ihr einen Druck hinter den Augen? Kopfschmerzen?"

Richie seufzte und verneinte jede Frage mit einem Kopfschütteln.
Neben dem Arzt waren auch zwei weitere, vertraute Gesichter erschienen. Die Männer von der Festung.

„Als wir gesehen haben, wie ihr gestürzt seid, ist uns das Herz stehen geblieben!"

Dem Mann standen die Tränen in die Augen, der andere grinste bis über beide Ohren.

„Ich wusste, unserem Helden passiert so schnell nichts! Hab ich doch gesagt, oder?"

Lachend schlug er Richie auf die Schulter.

„Ich sage den anderen Bescheid, dass es Euch gut geht, sie machen sich große Sorgen!"

Mit diesen Worten stürmte er aus dem Stall.

„Lasst mich euch noch einmal ansehen."

Der Medicus wollte, dass sich Richie zur Seite drehte, um sich die Wunde an seinem Rücken anzuschauen. Aber der wusste instinktiv, dass dort nichts mehr war.

„Mir geht es gut. Geht lieber wieder an die Arbeit. Die Männer brauchen Euch."

Tatsächlich war von den Schmerzen, die ihn vor seinem Absturz gequält hatten, nichts mehr zu spüren. Vermutlich war mit dem Sturz Miphas Gebet aktiviert worden. Wie konnte er diesen sonst überleben?

„Gut, aber nur, weil ich sehe, dass es euch scheinbar an nichts fehlt", gab der Medicus nach und packte seine Sachen, die neben Richies Bett auf einem Tisch lagen, allmählich zusammen.

Instrumente, die er für weitere Untersuchungen nutzte. Er und der andere Arbeiter verabschiedeten sich und verließen den Ort.

Für den Bruchteil einer Sekunde huschten seine Gedanken zurück zu dem rothaarigen Mann, dessen Namen er jedes Mal vergaß, wenn er erwachte. Es war schon oft passiert, dass er erholt aus diesen Träumen zurückkam, frei von Schmerzen und sämtlichen Sorgen. Ob es vielleicht auch ihm zu verdanken war?

Wie auch immer. Er sollte sich lieber Gedanken um Mariah machen, bestimmt würde sie ihn quer durch das Land jagen, sobald sie erfuhr, dass es er wach war. Und als hätte die Königin in seinen Gedanken gelesen, sprach sie wieder zu ihm.

„Emanuel wartet auf dich. Geh hin."

Okay, sie war wirklich wütend. Sie grüßte ihn nicht, fragte ihn nicht nach seinem Zustand, ihre Stimme klang zudem, als hätte sie die Zähne aufeinander gepresst.

„Was…?"

„Du musst mir einen Vertrag mitbringen."

„Einen Vertrag? So plötzlich?"
„Jetzt?"

War das wirklich der richtige Zeitpunkt? Andererseits wäre es eine willkommene Abwechslung und eine Ausrede dafür, Emanuel wiederzusehen.

„Lass Leila im Stall und nutze den Shiekah Stein zum teleportieren. Ich habe hierfür die Erlaubnis von König Christian erhalten. Bleib heute Nacht dort, es reicht, wenn du morgen früh zurück bist."

Richies Lippen verzogen sich zu einem breiten Lächeln und sein Herz trommelte bereits vor Freude. Er war jemand, der seine Emotionen, zumindest nach außen hin, im Griff hatte. So schaffte er es, das bescheuerte Lächeln sofort zu verstecken. Nur sein Herz konnte sich nicht beruhigen.

„In Ordnung."

Auch, wenn er keine Ahnung hatte, wie Emanuel auf ihn reagieren würde.

Richie erhob sich aus dem Bett und staunte nicht schlecht, als er aus dem Stall trat. Wie lange war er weg gewesen? Die Sonne ging bereits unter.

Er zog den Salzburger Stein hervor, warf einen Blick hinunter. Die Aufregung in ihm wuchs, wurde immer größer, sein Herz schlug in einem passenden, wilden Takt.

Binnen Sekunden löste er sich im mysteriösen, blauen Licht des Steins auf und materialisierte sich später vor dem Plainburg-Schrein.

Emanuel stand bereits oben, vor den Stufen, die zum Artefakt hinunter führten. Als er Richie entdeckte, grinste er bis über beide Ohren.

„Richie, mein Freund!"

Der Prinz der Karlsteiner kam ihm entgegen, grinste so breit, dass es ihn ansteckte. Er versuchte es zu verstecken, allerdings erfolglos.

„Geht es dir gut?"

Dem Lächeln folgte die Besorgnis, er schloss Richie fest in die Arme. In den letzten Jahren war jener etwas größer geworden, reichte Emanuel nicht mehr bis zur Hüfte. Trotzdem musste der Prinz sich tief beugen, um ihn zu umarmen.

Richies Herz schlug wieder schneller, als er die glatte Haut unter seiner Wange spürte und ein wohliges Gefühl breitete sich in ihm aus. Er schlang die Arme um Emanuel, so gut er konnte und erwiderte den Druck.

„Alles okay", murmelte Richie. Ja, das war es jetzt. Seine angespannten Schultern sackten etwas hinunter, ihm war gar nicht aufgefallen, wie sich sämtliche Muskeln verhärtet hatten, bis der Prinz ihn berührte und ihn dazu brachte, sich zu entspannen.
Eine Weile blieben sie so, hielten einander fest, bis sich Emanuels Griff irgendwann, nach einer gefühlten Ewigkeit, lockerte und er ihn ein wenig von sich drückte. Prüfend sah er in sein

Gesicht, musterte ihn eindringlich und genau. Seine großen Hände umschlossen die Wangen des Recken.

Richie versuchte, den intensiven Blicken standzuhalten, konnte aber nicht verhindern, dass ihm die Hitze in die Wangen kroch und ihn leicht erröten ließ.

„Mariah hat mir erzählt, was am Pulverturm passiert ist."

Emanuel ließ die Hände langsam sinken, am liebsten hätte Richie sie noch festgehalten.

Er kniete vor ihm, sah ihm fest in die Augen, nahm dessen Hände fest in seine.

„Ich weiß, dass du ein großartiger Krieger bist. Und ich vertraue auf deine

Fähigkeiten als Recke, habe ich schon immer getan. Aber du solltest dich hinlegen und wieder ausruhen!"

Seine Worte klangen so wundervoll, sie trafen Richie mitten ins Herz. Sie berührten sie auf eine Weise, wie es sonst niemand schaffte. Schon vom ersten Moment an war er wie ein Sohn für ihn, ein enger Vetrauter!

„Bleib eine Nacht hier, ruh dich aus. Du wirst sehen, morgen früh wirst du dich wie neu geboren fühlen. Das ist die geheime Macht unseres Dorfes."

Er lächelte wieder so süß und breit, Richies gesunder Menschenverstand setzte aus. An seiner Seite fühlte es sich an, als wäre jedes Problem eine Nichtigkeit und die größte Hürde ein winziger Stein.

„Mein Freund, es ist so schön, dich zu sehen! Du siehst wundervoll aus!"

Er lachte so unbekümmert, wie immer. „Wir haben uns lange nicht gesehen, ich habe dir so viel zu erzählen!"

Ein Funken seines Verstands war noch übrig. Er fragte sich, ob es in Ordnung war, dem kleinen Prinzen gegenüber solche Gefühle zu hegen. Richie konnte sie selbst nicht einordnen, doch der Drang, ihn zu umarmen wurde stärker und ließ ihn ahnen, in welche Richtung sie sich bewegten.

„Emanuel, es tut mir leid, dass ich so lange nicht hier war", setzte Richie an, aber der Prinz schüttelte den Kopf, hielt ihn noch immer fest.

„Du hast eine große Aufgabe zu bewältigen. Wir alle haben das. Du musstest deinen Pflichten nachkommen. Und egal, wie lange wir uns nicht sehen, du bist und bleibst mein teuerster und liebster Freund, Richie."

Der konnte sich nicht halten, drückte die Hände des Prinzen fester. Emanuel löste seine Rechte, hielt ihn mit der anderen weiterhin und führte ihn die Treppen nach oben und ließ ihn dort erst los. Erst, als sie den Schrein hinter sich ließen, bemerkte Richie eine ungewohnte Lautstärke. Im Dorf der Karlsteiner herrschte reges Treiben, die Bewohner huschten umher. Das ohnehin prunkvolle Reich, erstrahlte in einem noch größeren Glanz. Von der Burg Pankraz hinauf über die Gmain bis zur Plainburg erstreckte sich das Imperium zu dieser Zeit. Man hatte es ausgebaut, es schien nun geschlossene Räume zu geben, Häuser aus

Leuchtstein. Und hoch oben, ragte der kleine Palast hervor.

„Was ist denn hier los?"

Richie sah sich überrascht um, da wurde er von Emanuel an der Hüfte gepackt und ruckartig zur Seite gezogen, sonst wäre er von ein paar Jugendlichen überrannt worden, die mit großen und reich gefüllten Tabletts nach oben rannten.

„Verzeiht!", riefen sie.
Dort, wo Emanuel ihn berührt hatte, brannte die Haut wie Feuer. Die Hitze blieb auch, nachdem der seine Hand schon wieder weggezogen hatte.

„Heute Abend gibt es ein Verlobungsfest."

Emanuels strahlendes Lächeln verblasste ein wenig. Richie konnte deutlich sehen, wie sich sein Gesichtsausdruck veränderte. Es machte ihm Angst. Das warme Gefühl in der Brust begann sich zu verändern, stattdessen fühlte es sich an, als würden sich Eiszapfen in den Magen bohren.

„Wessen Verlobung?"

Er wollte nicht fragen… es war doch deutlich, für einen einfachen Einwohner würde man doch nicht so einen Aufstand machen, oder? Und zu sehen, wie alle Richtung Palast hasteten, untermalte seine schlimmste Befürchtung.

„Meine."
Der Boden, zu seinen Füßen, schien sich in Luft aufzulösen.

Richie hielt den Atem an, versuchte das, was er gerade gehört hatte, zu verstehen.

„Mein Vater wünscht schon lange, dass ich heirate. Er hat es oft erwähnt und vor kurzem ist sein Ultimatum ausgelaufen."

Emanuels Freude war verblasst. Seine Worte hinterließen einen sehr schweren und bitteren Nachgeschmack.

„Heiratest du aus Liebe?"

Der Prinz drehte den Kopf zur Seite.

„Sie ist nett."

Die Strahlen der untergehenden Sonne brachen sich durch die kristallenen Berge, tauchten es in ein unheimliches Licht. Schatten aus rotem und eisblauem Schein krochen über das Dorf hinweg und für einen Augenblick sah es aus, als würde es brennen.

„Ich verstehe."

Er war der Kronprinz, es wurde von ihm erwartet, dass er heiratete, eine Familie gründete, um Nachfolger zu zeugen, um dann anschließend den Thron zu besteigen.

„Ich freue mich sehr für dich und ich wünsche dir alles Glück dieser Welt."

„Freust du dich wirklich? Du bist wie ein Vater, dessen Rat ich gerne annehme."

Die Frage traf Richie überraschend und hart, ließ seine Emotionen taumeln. Er wandte den Blick ab, versuchte den Ausdruck im Gesicht zu verbergen.

„Natürlich, wir sind doch Freunde?"

Insgeheim wünschte er sich, dass Emanuel es bemerkte. Dass er erkannte, wie sehr es Richie verletzte, aber was würde das schon ändern? Es war gut und richtig, wie es war.

„Das sind wir."

Emanuel seufzte.

„Komm, mein Freund. Ich zeige dir, wo du dich ausruhen kannst."

Er ging voraus, ohne sich umzudrehen, und wusste, dass Richie ihm folgen würde.

„Hast du geahnt du, was hier los ist?

Er musste Mariah fragen. Hatte sie ihn etwa hierher geschickt, weil sie wütend auf ihn gewesen war? Weil er sie, was seinen Zustand anging, angelogen hatte? Nein, das klang so gar nicht nach ihr. Das würde sie nicht tun.

„Es ist deine letzte Chance, Richie. Nutze sie. Ich weiß, wie sehr du ihn magst."
Sie klang so mitfühlend, dass es ihm einen weiteren Hieb versetzte. Warum wusste sie davon? Und verflucht, hätte sie ihm gesagt, dass Emanuel kurz davor war, sich zu verloben, wäre er nie hierher gekommen!

Nein, sie hatte es nicht aus Rache oder Boshaftigkeit getan, aber so gut es auch gemeint war, es war mehr, als er verkraften konnte. Immerhin hatte er eine Zukunft. Eine, die ihm in die Wiege gelegt worden war und es war seine Pflicht, als Kronprinz, diesen Weg zu gehen, so wie viele andere vor ihm.

Auch Richie hatte eine Pflicht. Dem Pfad der Vorfahren zu folgen, das Land, die Königin und die Menschen zu beschützen. In seinem Leben gab es keinen Platz für eine Familie.

Er würde es so oder so bereuen. Ob er es sagte, oder nicht. Seine Gefühle waren ein großer Nachteil für Emanuel und ihn. Er musste sie verschwinden lassen, bevor es schlimmer wurde. Ruhig einatmen, diese Emotionen am tiefsten Punkt seiner Seele verbarrikadieren und nie wieder an sie denken. Sie gingen rechts die Stufen hoch, die vom Palast weg und zu einem Nebengebäude hin führten.

„Ich wünschte, ich hätte davon gewusst. Dann hätte ich Euch ein Geschenk mitgebracht."

Richie versuchte, so relaxed wie möglich zu wirken.

Sie betraten eine hohe Flügeltür, ein langer Flur erstreckte sich vor ihnen. Zu beiden Seiten waren mehrere Pforten, genauer gesagt ZWÖLF an der Zahl zu sehen, Emanuel öffnete die zweite, auf der rechten Seite.

„Wir haben vor zwei Wochen Einladungen ins Schloss geschickt. Für dich wollte ich eine separate mitschicken, aber ich konnte mich nicht überwinden."

Richie trat ein, als Emanuel ihn dazu aufforderte. Der Prinz folgte ihm, und schloss die Tür hinter beiden.

„Wirklich? Ich habe keine bekommen."

Der Raum, sehr dunkel, wurde lediglich durch die Fasern der Leuchtsteine, die in den Säulen eingelassen waren, spärlich erhellt.

„Und wärst du hergekommen, wenn du davon gewusst hättest?", fragte Emanuel leise.

Diese Worte brachten Richie dazu, sich zu ihm umzudrehen. Er konnte die Konturen seiner Statur erkennen, sah die leuchtenden Augen, aber nicht den Ausdruck im Gesicht. Emanuel lächelte nicht mehr, so viel sah er.

„Sei ehrlich. Hätte Königin Mariah dir die Einladung ausgehändigt, wärst du dann heute hierher gekommen?", wiederholte er seine Frage.
Das bedrückende Gefühl im Bauch, das er so verzweifelt ersticken wollte, kroch wieder hervor.

„Ich glaube nicht, nein"

So sehr er sich für seine Antwort auch schämte, es war die Wahrheit. Wie sollte er auf eine so direkte Aussage mit einer Lüge entgegnen? Und das unter den aufmerksamen Blicken des Prinzen?

Emanuel kam langsam näher, bis er so dicht vor ihm stand, dass dieser die Hitze des größeren Körpers deutlich wahrnehmen konnte. Seine Augen durchbohrten jenen auf eine Weise, wie Richie es noch nie bei ihm gesehen hätte.

Er streckte die Hände nach ihm aus, berührte sein Gesicht, wie er es vorhin schon getan hatte. Sein gefühlter Sohn ging den Weg des Lebens, wie es sich gehört.

Moment, was hatte das zu bedeuten? Der Schmerz, den Richie empfand, war nichts im Vergleich zu den Wunden, die er im Kampf davontrug. Er hatte noch nie etwas Vergleichbares erlebt, um es beschreiben zu können.

„Es ist deine Pflicht", krächzte Richie heiser.

Wie sollte er Emanuels Worte aufnehmen? Er verstand nichts mehr!

Der Prinz verzog die Lippen.

„Wenn wir nur nach unseren Pflichten leben, werden wir einsam verenden Richie. Meine Schwester hielt es auch für ihre Pflicht, sich zurückzuhalten und im Kampf zu sterben, ohne jemals über ihre Gefühle gesprochen zu haben."

Oh, große Göttin! Kann es sein?

„Ich will nicht zu deinen schmerzhaften Erinnerungen gehören!"

„Wir sind Freunde, Emanuel und wir werden es immer sein. Wenn du mich brauchst, werde ich für dich da sein. Auch, wenn ich der Leibwächter der Königin bin, gehören mein Schwert und mein Schild dir. Ich lebe für den Kampf und für nichts anderes ist in meinem Leben Platz."

So sehr er sich auch danach gesehnt hatte, von Emanuel erhört zu werden, war dies wohl der letzte Zeitpunkt, an dem dies geschehen sollte. Nicht, während die Verlobungsfeier für ihn vorbereitet wurde.

Zum Glück arbeitete sein Verstand offenbar wieder, auch wenn sein Herz gegen ihn rebellierte.

„Für einen wird unsere Pflicht immer schmerzhaft sein. Für uns selbst, oder die Leute um uns herum. Aber niemand außer uns, ist dazu in der Lage, unsere Aufgaben zu übernehmen. Meine Pflicht ist es, der Held zu sein. Deine ist es, für die Nachkommen des Karlsteiner Reiches als Kronprinz und zukünftiger König zu sorgen. Würden wir diese Pflichten verletzen, würden viele darunter leiden. Du hast es selbst gesagt, wir alle haben eine große Aufgabe zu bewältigen."

Er war kein Trottel, auch wenn es bedeutete, dass er seine Gefühle irgendwann mit ins Grab nehmen würde.

„Mein Prinz? Seid Ihr hier?"

„Ich bin hier, Mia. Einen Moment", hallte es von Emanuel zurück.

Wieder klopfte es an der Tür, dieses Mal klang es ungeduldiger.

Langsam ließ Richie das Schild sinken, es glitt ihm aus der Hand und fiel scheppernd zu Boden. Er gab seinen zitternden Beinen nach und ließ den Kopf hängen.

Wie sollte er mit all dem, was gerade geschehen war, bloß umgehen? Wäre er bloß nie hierher gekommen, dann würde ihn der Schmerz nicht derart überrumpeln und quälen.

Warum hatte Mariah ihn ausgerechnet jetzt ins Dorf der Karlsteiner geschickt?

Sie beide hatten eine Aufgabe, für die sie auf diese Welt gekommen waren. Und man erwartete von ihnen, jene zu erfüllen. Da gab es keinen Platz für eine Familie und ein Zuhause.

Richie saß auf dem Boden, seine Beine hatten ihn nicht mehr tragen wollen. Der Blick wanderte zum Schild, der neben ihm lag. Sein Herz zog sich stärker zusammen, der Schmerz in der Brust wurde schier unerträglich. Jener, den er verspürt hatte, als er vom Kanonensplitter getroffen worden war, war nichts im Vergleich zu diesem.

Emanuels Vater, König Christian, hatte entschieden, ihn zu verheiraten.
Nichts würde er lieber tun, als aus dem Reich zu verschwinden, doch das käme womöglich einer Kriegserklärung gleich. Bestimmt wusste der König bereits von seinem Hiersein.

Je länger er dort auf dem Boden saß, umso tiefer wurde die Finsternis um ihn herum. Richie ertrug es nicht und erhob sich langsam auf die Beine. Er durfte sich nicht gehen lassen, musste jetzt eine Entscheidung treffen! Und die einzige Wahrheit lag darin, Emanuel den Weg für eine sichere Zukunft zu öffnen.

Richie musste zurück in seine Rolle als Held. Als Repräsentant der Königin war es nun Pflicht, dem König die Aufwartung zu machen. Jeder Einspruch wäre ein Verrat an Mariah, die so mühevoll die Verbindungen zu den anderen Völkern pflegte. So langsam fing er an, sich selbst mit dieser Einstellung zu überzeugen. Mit jedem tiefen Atemzug, verbannte er Gedanken, die ihm nicht gestattet waren. Er war es gewohnt, seine Emotionen abzuschalten, er würde es wieder schaffen und das Dorf mit einem Lächeln verlassen. Ganz sicher.

Der erste Schritt dorthin begann mit einem Bad. Er musste sich zurechtmachen, durfte keinen Gedanken mehr an unsinnige Dinge verschwenden. Und obwohl er sich das immer wieder einredete, drohte ihn die Erinnerung an das eben geschehene, zu überwältigen.

„Schluss damit!", knurrte er und wusch sich gröber, als nötig, bis seine Haut rote Striemen aufwies.

Der Moment, indem er nach dem Bad seine Uniform anlegte, wurde er wieder zu dem Ritter, der er war. Emotionslos und doch mutig und bereit, jede Sekunde in den Kampf zu ziehen.

Einige Teile seiner Rüstung legte er beiseite, so, dass die königliche Uniform, die er unter all dem Schutz trug, deutlicher zur Geltung kam. Schließlich war er als Freund hier. Ein letzter Blick in den Spiegel, dann legte er das Schild zu den Rüstungsteilen auf das Bett und verließ den Raum.

Draußen herrschte eine ausgelassene Stimmung, aus der Richtung von Christians Thronsaal konnte er Musik und Gelächter hören. Die Vorbereitungen schienen abgeschlossen zu sein, weit und breit war kaum jemand zu sehen. Doch warum hatte man ihn nicht rufen lassen?

„Master Richie!" Ein Diener kam ihm entgegengelaufen.

„Soeben hat mich Prinz Emanuel gebeten, nach euch zu sehen! Er sagte, dass ihr schwer erschöpft seid. Aber ich bin wirklich froh, dass Ihr dennoch am Fest teilnehmt!"

Richie setzte ein Lächeln auf, neigte leicht zum Gruß den Kopf.

„Es geht mir besser, danke."
Der Diener schien begeistert.

„Da wird sich unser König aber freuen, er hat sich große Sorgen um euch gemacht! Wir freuen uns, dass Ihr uns an diesem wundervollen Tag die Ehre erweist!"

Seine Füße fühlten sich an, als würden sie in Blei versinken. Während sie sich den Feierlichkeiten näherten, fiel ihm sein Vorhaben zusehends schwerer, doch es gab kein zurück mehr. Er durfte nicht anfangen zu zweifeln. Emanuel war trotz allem sein treuer Freund. Es war also seine Pflicht, dem Fest beizuwohnen und ihm für die Zukunft erdenklich Gutes zu wünschen. Der König wusste, dass Richie aus der

Lichtwelt durch den Meteoriten in die Schattenwelt befördert wurde und wollte ihn nach dem betreten der zwölf Häuser der Götter des Olymps wieder nach Hause in sein Paralleluniversum senden.

Bevor sie die Wendeltreppe nach oben nahmen, kamen sie an St. Ruperts heiliger Salz Statue vorbei. Er hielt für einen kurzen Augenblick inne, ließ den Blick hinauf, in dessen Gesicht gleiten, das unweit vor ihm gedankenverloren in die Ferne blickte. Er hörte zwar die Stimme jedes Mal, wenn ihr Gebet aktiviert wurde, aber er wünschte sich nichts sehnlicher, als mit ihm zu sprechen. Noch nie hatte er es sich so sehr gewünscht, wie heute.

„Folgt mir bitte!" Der Bedienstete nickte Richie zu und eilte hinauf, Richtung Thronsaal. Hier wurden die Geräusche und die Musik lauter. Auf unheimliche Weise erklang Beethovens Neunte wie damals unterhalb des Schlosses am Weiher.

König Christians Thronsaal war festlich geschmückt, lange, reich gedeckte Tafeln boten Platz für sämtliche Einwohner des Imperiums. Kinder rannten umher, lachten. Es roch wunderbar nach Essen und in dem Moment, indem ihm der Duft in die Nase stieg, erinnerte Richies Magen ihn daran, dass er seit dem Frühstück im Palast, nichts mehr gegessen hatte. Dann aber traf sein Blick auf Emanuel. Er saß ganz vorne, am Kopf der Tafel und lächelte, wirkte allerdings nicht so optimistisch und strahlend, wie sonst. Trotzdem prostete er allen freundlich zu und nahm Glückwünsche entgegen. Der Schmuck, den er trug, war ein anderer als gewöhnlich. Es wirkte festlicher und betonte seinen Körper auf eine unwiderstehliche Weise. Dennoch erschien es Richie für eine Verlobung ein wenig zu bescheiden. Noch seltsamer war es, dass die Braut nicht direkt neben ihm saß. Zu seiner rechten war zwar eine Dame, aber sie wirkte sehr ärmlich. Dabei galten die Karlsteiner doch wahre Künstler, wenn es um Körperschmuck ging? Nun, vielleicht gehörte das zu ihren Traditionen dazu. Richie wusste es nicht, er hatte noch nie ein derartiges Ereignis miterlebt.

Eine Verlobung unter ihnen wurde immer sehr auffällig gefeiert, sogar auf Ramis Hochzeit hatte man die Braut Paula zumindest anhand ihres Schleiers erkannt. Er hätte schwören können, dass sie auch anderen Schmuck getragen hatte. Andererseits, eine Hochzeit und eine Verlobung waren ja nicht das Gleiche.

Ihre Blicke trafen sich. Sofort breitete sich ein Lächeln auf Emanuels Lippen aus, wurde sogleich zu einem zuckersüßen Grinsen, das er sich allerdings schnell aus dem Gesicht wischte.

Der Anblick seines Sohnes aus der Schattenwelt brach Richie das Herz, doch der Schmerz wurde erst unerträglich, als er das Lächeln von Emanuels zukünftiger Braut, zumindest vermutete er, dass sie es war, es gab an seiner Seite keine andere Dame, sah. Sie strahlte überglücklich, winkte hier und da jemandem zu. Richie glaubte, sie schon einmal gesehen zu haben, war sich aber nicht mehr sicher. Natürlich, wen sollte Emanuel heiraten, wenn nicht eine weibliche Blaublütige aus ihren eigenen Reihen? Außer ihnen gab es keine anderen Karlsteiner, erst recht niemanden, von königlichem Blut.

Ein Gefühl des Bedauerns überkam ihn zusätzlich und der Gedanke, dass er gefühlsmäßig Abstand zu Emanuel nehmen musste, wuchs. Das hier war richtig und dessen einzig wahrer Weg. Er würde irgendwann König werden und Nachkommen haben, die den Fortbestand ihres Volkes sicherten.

Die Stimmen im Saal verstummten für ein paar Sekunden, nur um kurz darauf lauter zu werden, als die Karlsteiner Richie sahen. Viele klatschten begeistert und jubelten, einige standen sogar auf und kamen auf ihn zugelaufen, um ihn zu begrüßen.

„Master Richie!"

„Wie schön, Euch zu sehen! Ihr wart so lange nicht mehr bei uns!"

Sie plapperten wild auf ihn ein und Richie nahm sich die Zeit, Mariah beantwortete Fragen, grüßte zurück und kam nur langsam voran, bis er den König erreicht hatte, der weiter oben wie gewohnt auf seinem Thron saß.

„Vergebt mir, dass ich Euch nicht sofort meine Aufwartung machen konnte", bat er um Verzeihung, doch der König lachte.

„Nicht doch, Richie, Recke und Held! Wir freuen uns, dich nach so langer Zeit in unserem Reich begrüßen zu können."

Ohne den Blick vom König abzuwenden, versuchte er das wilde Chaos, das in ihm tobte, ein wenig zu bändigen. Er durfte alles nicht noch komplizierter machen. Egal, wie sehr Richie es auch versuchte, seine Gedanken kehrten zu dem Prinzen zurück und ließen jene kurze Augenblicke, vor dem geistigen Auge, wieder aufleben. König Christian bot Richie einen Platz in seiner Nähe an, ließ das Essen vor ihm auftürmen und obwohl sein Appetit nicht so groß war, wie sein Hunger, begann er rein zu hauen. Er spürte Emanuels Blicke, die sich tief in seinen Körper bohrten, was ihm sein Vorhaben, die Gefühle hinter Schloss und Riegeln zu verbergen, nur noch mehr erschwerte.

„Mein Sohn sagte uns, dass er uns etwas zu berichten habe. Dabei ginge es um dich, Recke."

König Christian holte ihn aus seinen Gedanken, sofort huschte Richies Blick zurück zum Prinzen, der ihn gebannt anstarrte. Emanuel stützte die Hände auf den Tisch, sah aus, als wollte er sich erheben, aber Richie schüttelte den Kopf und wendete sich von ihm ab.

„Verzeiht, Euer Majestät. Ich habe dem Prinzen erklärt, dass ich zuvor in Marciola gewesen bin und nicht auf direktem Wege hierher gekommen bin, sonst hätte ich dem Prinzen ein angemessenes Verlobungsgeschenk mitgebracht."

König Christian starrte zu Richie hinunter, hob dann den Blick und sah zu seinem Sohn hinüber. Emanuel benahm sich äußerst seltsam, beugte sich sofort zu dessen Verlobten vor und flüsterte ihr etwas zu. Die Dame begann angetan zu kichern. Er drehte den Kopf weg und stieß im nächsten Moment ächzend die Luft aus, als der König ihm einen Klaps auf die Schulter gab. Einen einfachen Menschen hätte es auf die andere Seite des Saals befördert. Richie spürte die

Erschütterung in seinem Körper noch eine ganze Weile.

„Nicht doch, Recke! Wir sind froh, dass du unser Gast bist."

Wie aufs Stichwort erhoben alle ihre Gläser, zuerst zögerte Emanuel, starrte Richie an, als würde er auf etwas warten, aber der Recke gab ihm keine Gelegenheit dazu, wich den Blicken aus und ignorierte die angespannte Haltung des Prinzen.
„Was für ein Glück, dass uns der Held beehrt und mit uns diesen Tag, der allein unserem Sohn Emanuel gebührt, feiert!"

Richie erhob sein Glas, egal wie sehr sein Verstand dagegen rebellierte.

„Auf Prinz Emanuel!", riefen sämtliche Karlsteiner zeitgleich, das Echo hallte durch das Reich, laut und dröhnend.

Richie wollte sich dem Essen zuwenden und war gerade dabei, eine Forelle zu zerteilen, als er aus dem Augenwinkel eine Bewegung vernahm. Plötzlich stand Emanuel direkt neben ihm.

„Vater, weißt du noch, worum ich dich vorhin gebeten habe?"

König Christian lachte, sein riesiger Oberkörper bewegte sich dabei auf und ab.

„Natürlich Sohn, natürlich."
Moment, was war hier los? Richie sah hoch und wieder begegneten sich ihre Blicke und ihm gefiel nicht, wie Emanuel lächelte. Es war eines dieser schelmischen Gesichtszüge, die absolut

nichts Gutes verhießen. Doch bevor Richie Fragen stellen konnte, hatte sich der bereits wieder zurückgezogen.

Richie konnte sich nicht erklären, was es war, aber ein Gefühl der Unruhe kroch durch seine Glieder und riet ihm leise, wachsamer zu sein. Nun, leider war der Alkohol lauter und er entschied, ihm erst einmal nachzugeben, bevor er noch den Verstand verlor.

Die Feierlichkeiten dauerten bis spät in die Nacht hinein, alle Karlsteiner schienen unbeschreiblich glücklich zu sein, tanzten, lachten und feierten.

Es war bereits weit nach Mitternacht, als sich viele Gäste zurückgezogen hatten. Zusammen mit Emanuel, waren nur noch eine Hand voll Männer übrig, die sich an einen kleineren Tisch niedergelassen hatten und weiter tranken. Das war Richies Zeichen, zu verschwinden.

„Master Richie, trinkt noch mit uns!", flehten einige Karlsteiner und wollten ihn gar nicht gehen lassen.

„Danke, aber ich muss früh zurück ins Schloss", versuchte er, sie abzuwimmeln, wünschte ihnen eine gute Nacht und wollte den Saal verlassen. Hoffentlich würde er sein Zimmer wiederfinden.

Emanuel stand neben ihm, berührte Richie an der Schulter.
„Ist schon in Ordnung. Komm, ich bringe dich in dein Zimmer."

Die Karlsteiner jammerten enttäuscht, widmeten sich dann aber doch ihren Gläsern.

„Du musst nicht", begann Richie, nachdem sie gemeinsam ein paar Schritte gegangen waren. Emanuels Hand ruhte noch immer auf seiner Schulter.

„Ich möchte aber."

Gemeinsam liefen sie ein paar Schritte. Emanuel sagte nichts und auch Richie schwieg, doch die Stille machte ihm zu schaffen. Für gewöhnlich störte ihn das nicht.

„Aus Euch wird ein großartiger und weiser König, da bin ich mir sicher. Ein würdiger Nachfolger, für Euren Vater."

Emanuel schnaubte, der Druck seiner Hand verstärkte sich ein wenig.
„Hör dir nur an wie du redest, du klingst wie Muzu."

Ob es an dem Alkohol lag, der seine Sinne leicht vernebelte? Er wusste selbst nicht, warum er Emanuel so förmlich ansprach, vielleicht, weil er Distanz aufbauen wollte?

„Euer Weg ist der Richtige."

„Bist du jetzt das neue Orakel? Himmel, bist du immer so förmlich, wenn du getrunken hast?"

Richie runzelte irritiert die Stirn, konnte sich sein eigenes Verhalten nicht erklären. Für gewöhnlich trank er aber auch nicht. Nur heute war ihm danach gewesen, um die Gedanken zu ertränken, die immer lauter wurden und verzweifelt Emanuels Namen riefen.

Richie zögerte scheinbar ein wenig zu lange, da zog der kleine Prinz ihn wieder mit sich. Sein Griff war unnachgiebig und fest, egal wie sehr er es versuchte, er kam nicht frei.

Doch siehe da, offenbar schien das die nötige Bremse zu sein. Emanuel hielt tatsächlich inne, sie waren am Fuße der Treppe angekommen und nur ein paar Meter zu ihrer rechten, befand sich St. Ruperts Gedenkstatue.

Emanuel drehte sich langsam zu ihm um, ließ ihn endlich los und blickte aufmerksam zu Richie hinunter. Seine Augen schienen in die Seele des Helden zu dringen.

„Dann frage ich dich jetzt. Was fühlst du für mich?"

„Du bist mein wie ein Sohn aus einer anderen Welt für mich. Du hast mir Mut gemacht, als ich es am meisten gebraucht habe. Wir haben gemeinsam gekämpft."

Emanuel machte wieder einen Schritt auf Richie zu.

„Moment! Das will ich mit eigenen Augen erleben! Muss ich vorhin verpasst haben, ich habe nämlich eine andere Reaktion in Erinnerung."

Emanuel ließ sich nicht abwimmeln, er wollte nach Richie greifen, da stieß sich der Recke vom Boden ab, vollführte eine Drehung und landete auf dem schmalen Geländer, geriet jedoch sogleich ins Schwanken. Hätte er bloß nicht getrunken, dabei war es gar nicht so viel!

„Ich kann dir nicht geben, was sie dir geben kann. Meine Aufgabe ist es, an Mariahs Seite zu kämpfen und sie zu beschützen. Du hast bereits den König zum Vater".

Mit jedem weiteren Atemzug fielen ihm immer mehr Punkte ein, die gegen eine Verbindung zwischen ihnen sprach. Emanuel erstarrte. Vielleicht waren Richies letzte Worte zu hart gewesen, aber die Wahrheit.

„Ich bin der Held dieser Ära, ich darf mich auf nichts anderes konzentrieren! Und du bist der zukünftige Herrscher dieser Ländereien! Du bist jetzt verlobt, da ist jemand, der deine Liebe mehr braucht und verdient, als ich!"

Als Held war es seine Pflicht, an Mariahs Seite die Bürde dieser Welt zu tragen. Sein Herz spielte keine Rolle.

„Niemand verdient und braucht mehr Liebe, als du. Du bist ohnehin wie eine Art Ziehvater für mich."

Emanuels Worte durchbohrten Richies Brust, ließen ihn einen Augenblick lang die Luft anhalten, während sie ihn übermannten und sich tief in seine Seele gruben.

„Glaubst du wirklich, dass du zwei Dinge nicht miteinander verbinden kannst?"

Emanuel lächelte nicht mehr, seine Augen wirkten kühl.

„Denkst du, ich weiß das alles nicht? Glaubst du, mir ist nicht bewusst, wer du bist? Aber du kannst dein Dasein als Held nicht jedes Mal als Ausrede nehmen! Du bist vielleicht der Auserwählte, aber du bist in erster Linie ein Mensch und nicht die Marionette

149

der Götter oder des heiligen Bannschwertes."

Plötzlich wurde sein Blick weicher.

„Mir ist mein Volk wichtig. Wir würden beide unseren Aufgaben nachgehen und anschließend würde ich an jedem Ende des Tages auf dich warten und dich in meine Arme schließen. Wenn nötig, kämpfe ich natürlich wieder Seite an Seite mit dir, um dir ein wenig die Last der Dunkelheit abzunehmen. Denkst du wirklich, dass das nicht möglich wäre?"

So einladend und wundervoll seine Worte auch waren, so sehr verletzten sie Richie auch gleichzeitig.

Kapitel 7

Die Götter des Olymps treffen ein

Ein orkanartiger Sturm schien die Körper von Mariah und Richie quasi förmlich hinweg zu reißen und wie in Trance schwebten sie über dem BGL wie ein Flugkörper. Von ganz oben wurden die Burgen und Berge immer kleiner und mit säuselnder neunten Symphonie von Beethoven machte es den Anschein, als flüsterte der Meteorit ihnen zu. Das Gute hatte stets über die dunklen Mächte gesiegt, leider aber immer nur in Etappen und bis zuletzt einfach nicht gänzlich. So ist es eben auf dieser Welt. Ganz auslöschen wirst du die negative Energie und das Böse nie. Du kannst es aber in Schach halten und immer wieder bekämpfen, damit die Erde zumindest für eine Weile ein besserer Ort wird.

Das Liebespaar fand sich schnell in einem kuschlig warmen Raum wieder. Der Tisch war reichlich gedeckt mit frischem Obst, gebratenem Fleisch und etlichen Beilagen. Mariah blinzelte noch, als Richie schon gesehen hatte, dass ihnen am anderen Ende der Tafel zwölf Gestalten gegenüber saßen.

Jeder Einzelne stand für eines der zwölf magischen Häuser. Wie vom Meteoriten versprochen hatten sich nun tatsächlich die Götter des Olymps versammelt, um den beiden nach der Traumreise noch einige wertvolle Weisheiten in Form von kleinen Erzählungen mit auf den Weg zurück in die Realität mitzugeben. Damit ist es leichter, wieder dort anzukommen. Jedes Erlebnis aus dem Schattenreich wird Richie wohl nie vergessen. Die Götter wollten einfach noch weitere Erkenntnisse mit auf den Weg geben.

Ohne es groß anzukündigen, erhob sich Zeus vor ihnen und begann ohne zu zögern zu erzählen:

„Ihr beiden wisst hoffentlich, dass ihr hier in der Lichtwelt einen Sohn habt. Er ist noch ein Baby und trägt den Namen Emanuel, der von Gott zu euch Gesandte."

Richie stockte kurz, dann sah er die Bilder in den Räumlichkeiten genauer durch. Emanuel war im Schattenreich des BGLs ein fast Fremder, den er versuchte, für sich zu gewinnen. Hier war er tatsächlich sein geliebter Sohn, aufgewachsen in den Zwölf Häusern, als er sich in der Dunkelheit des Reiches durch den Meteoriten aufhielt. Auch Mariah bemerkte erst jetzt, dass sie sich wieder aus der Traumwelt herausbefördert befand. Sie sah, wie aus allen 12 Pforten der magischen Häuser ein Wesen herbei trat. Es waren Poseidon, Hera, Demeter, Apollon, Artemis, Athene, Ares, Aphrodite, Hermes, Hephaistos, Hestia und der gute Zeus.

Die alten Griechen hatten für alle Ewigkeit Recht behalten. Für alle wesentlichen Dinge im Leben gibt es einen Verwalter. Das All hatte ihnen diese beiden vermittelt, um aufzuwachen und tiefer in die Heimat zu blicken. Das täte sehr vielen Menschen gut, egal woher sie stammen. Mariah und Richie wurden dazu auserwählt, um das Magische, das es definiv auf der Erde gibt, begreifen zu lernen.

Der Mensch ist mit Liebe, Krieg, Kampf und dem Wasser geboren worden. Sie verschmelzen in den zwölf Häusern zu einer genialen Einheit. So ist es auch mit den zwölf Tierkreiszeichen. Ein jedes prägt den Charakter und das gesamte Leben der Menschen. Weltweit.

Dazu muss man allerdings eines ganz fest.

Glauben an das Gute und Böse in allem, womit wir in Berührung kommen.

Richie ließ sich einige Jahre später erneut in die Schattenwelt befördern. Er wurde gerufen von seinen Freunden dort, der kleine Meteoritenstein gab ihm nun immer ein Zeichen, wenn er dorthin beordert wurde, indem er glühte und in allen Farben leuchtete.

Seine Mission war diesmal aber eine ganz andere...

Kapitel 8

Rückkehr in die Schattenwelt

Unruhig wanderte Prinzessin Bea in ihrem Schlafgemach umher, jener Raum, der ihr Gefängnis geworden war, seit Bernhard mit dessen Schattenkreaturen eingefallen war. All ihre Hoffnungen ruhten auf Richie. Und seine Ankunft erwartete sie. Sie wusste, dass er unlängst Jasmin befreite und auf dem Weg zu ihr sein sollte. Doch er kam nicht, egal wie sehr ihr Auge den matten Horizont absuchte oder den Pfad zum Schlosstor. Fröstelnd umschlang sie sich selbst und warf einen Blick auf den seit Wochen erloschenen Kamin. Es war nicht wirklich kalt, der eisige Hauch musste eine andere Ursache haben. Ihr war, als hätte sich die Atmosphäre verändert.

Wenn sie aus dem Fenster blickte, war der Himmel noch immer von der falschen Färbung. Golden und schwarz, verwaschen und verwoben die Tageszeiten, ohne dass man eine bestimmte zu erkennen vermochte.

Hinter diesem Schleier erahnte sie die grünen Täler und hohen Berge des Landes, befreit von den umher irrenden Schatten. Von den Straßen und Gassen der Stadt wehte ihr geschäftiges Lärmen entgegen, die gespenstische Stille war verschwunden. Und doch war um Schloss Marzoll noch immer das ewige Zwielicht. Das war falsch. So sollte es nicht sein. Irgendetwas war Richie auf dem Weg vom Weiher zum Schloss zugestoßen. Durch das Triforce waren sie verbunden. Sie selbst, Richie und Ramón, und es war möglich, einander zu erspüren. Es funktionierte nicht wie ein Richtungsweiser, der sagte, wo der jeweils andere sich aufhielt, sondern war lediglich eine Art unbestimmtes Summen, wie eine Schwingung die ihre Seelen durchdrang. Bea mochte nicht glauben, dass er tot war oder dem Tode nahe.

Als die Stimmen aus der Stadt leiser wurden, wusste Bea, dass die Nacht hereinbrach. In ihren Erinnerungen sah sie vor sich, wie die Händler sorgfältig ihre Stände verschlossen und die ersten Nachtschwärmer die kleinen Tavernen aufsuchten, für deren Wirte erst jetzt die Arbeit begann.

Telma würde den letzten Gast, vermutlich wie so oft der Postbote, mehr oder weniger sanft vor die Tür befördern und eine ihrer späten Versammlungen einberufen. Die überschaubare Gruppe um die Wirtin bekämpfte ihren Widersacher auf ihre eigene Weise, wenn Bea auch die Ansicht vertrat, dass es nicht allzu sinnvoll war. Aber es gab den Leuten Hoffnung und diese wollte und konnte sie ihnen nicht verwehren.

Vor den Toren sammelte sich die Nachtwache und Bea sah, wie die Männer zum Schloss emporschauten. Einer rieb sich kopfschüttelnd den Hinterkopf und deutete mit seiner Lanze auf etwas, was außerhalb des Blickfelds der Prinzessin lag. Sie öffnete ihr Fenster und versuchte, mehr zu erkennen, doch die zuvor erahnte Atmosphäre drängte sie auf Übelkeit erregende Weise zurück. Bea schüttelte sich, als sich ihr schwere Schritte näherten.

Wer mochte das sein? Die Geräusche der Schattenkreaturen hörten sich anders an. Schlurfend und keuchend. Die Tür ihres Gemachs wurde aufgeschoben und der Prinzessin blieb ein Schrei im Halse stecken.

Von unsichtbarer Hand wurde Ramón hineingestoßen und die Tür schlug bebend wieder zu. Zu allem Überfluss wurde selbige auch noch abgeschlossen, was bisher nie geschah.

Ramón hämmerte mit beiden Fäusten auf die Tür ein.
„Dafür wirst du bezahlen! Das schwöre ich dir!" Eine Antwort erhielt er nicht. Wütend und frustriert trat er ein letztes Mal gegen das massive Holz, ehe er sich umdrehte und dagegen lehnte.
Prinzessin Bea lag eine höhnische Bemerkung auf den Lippen, die sie besser nicht aussprach.

„Was ist, Prinzessin?", fragte Ramón eisig.

„Seid Ihr glücklich, mich auf diese Weise zu sehen?"

Sie wollte fragen, wie er das denn meinte, doch sie schüttelte nur verständnislos den Kopf.

Verwirrt wandte sie sich wieder von ihm ab, um erneut aus dem Fenster zu sehen und Ordnung in ihren verworrenen Geist zu zwingen.

„Was?"

Die Nachtwachen lagen tot vor den Toren. Unruhe ergriff sie, und als sich schließlich ein Chor aus entsetzten, verängstigten Schreien durch die beginnende Nacht quälte, wurde aus der Unruhe echte Sorge. Hastig wandte sie sich Ramón zu.

„Helft mir, zu entkommen!", rief sie ihm entgegen.

„Ja, natürlich. Weil ich auch nur mit den Fingern schnipsen muss und schon sind wir in Freiheit!", lachte Ramón mit einem Hauch Arroganz.

„Hört zu, mir ist egal, was aus Euren Plänen wurde und warum Ihr nun ebenfalls ein Gefangener seid, aber wollt Ihr wirklich nur hier stehenbleiben, wüste Flüche ausstoßen und der Dinge harren? Wollt Ihr wie ein Feigling handeln?"

Damit traf sie einen Nerv bei Ramón, denn er schlug erneut gegen die Tür und trat einen bedrohlichen Schritt auf sie zu, ehe er sich eines Besseren besann.

„Wenn ich könnte, wäre ich längst entkommen", knurrte er ungehalten.

„Und selbst wenn, warum sollte ich Euch helfen, Prinzessin?"

„Ja, warum, dachte Bea, sollte er das machen?"

Ein Grund wollte ihr nicht einfallen, obwohl sie durchaus eine Idee hatte, wie sie ihn überreden könnte. Voraussetzung wäre allerdings, dass er in den Bahnen dachte, die sie annahm.

Als sie die Stimme erheben wollte, wurde die Tür aufgerissen und Ramón derart plötzlich nach draußen gezerrt, dass sie ihren Gedanken noch aussprach, als sie wieder allein in ihrem Raum war.

Auf der Flucht aus der Schlossstadt wandte Richie sich immer wieder nach hinten um, doch er schien seine Verfolger abgeschüttelt zu haben. Nach

Atem ringend blieb er stehen und suchte sich einen geschützten Platz in dem jungen Forst abseits der Stadt.

Hoffentlich geht es dir gut, Lucky, dachte er und legte den Kopf auf seine Pfoten. Verzweifelt hatte er versucht, ins Innere des Schlosses zu gelangen, doch die Wand aus goldenem Licht war undurchdringlicher als Stahl. Er hatte hinein gebissen, sich die Pfoten blutig gekratzt, aber es gab kein Hinein. Schließlich hatte er die verletzte Lucky auf ihren eigenen Wunsch hin an dem einzig sicheren Platz abgelegt, an dem das Licht der Schatten ihr noch Schutz bieten konnte. Trüge er sie weiter durch die Welt der Ebenen, würde es ihren Tod bedeuten.

Ein Gmainerjunge, dem er hatte verständlich machen können, um was es ging, versprach auf seine Freundin aufzupassen und ihr zu helfen. Er selbst war in die Kanäle hinab gestiegen, in der Hoffnung von dort einen Weg ins Schloss zu finden. Weit war er nicht gekommen. Aus allen Ritzen krochen wabernde Schatten, die nach ihm griffen, die sich ihm in Scharen entgegen warfen und mit einer Macht kämpften, die ihm unbekannt war. Nicht die kleinste Verletzung hatte er den Kreaturen zufügen können, und als er nach draußen flüchtete, sah er, dass die Monster nicht nur an ihm interessiert waren, sondern auch die Hylianer von den Straßen jagten. Wer nicht schnell genug war, wurde von dem unheiligen schwarzen Licht, das die Wesen absonderten, verzehrt.

Er begriff nicht, was in der Stadt geschehen war. Laut Lucky sollten nach der Befreiung der Lichtgeister sämtliche Schatten verschwunden sein. Allein bereits aus dem Grund, dass sie im Licht nicht zu existieren vermochten.

Nach einer kurzen Rast entschied Richie, erneut Rat bei den Lichtgeistern zu suchen. Vielleicht konnte er wenigstens in Erfahrung bringen, wohin er sich wenden musste und sei es zunächst nur, um wieder auf menschlichen Füßen zu stehen.

Als man Ramón Stunden später zurück in Beas Gemach warf, war er entsetzlich zugerichtet, kaum mehr als ein blutender Klumpen. Bea schluckte es hinunter, zog den Bewusstlosen unter Aufbietung all ihrer Kraft auf ihr Bett und säuberte seine Wunden. Sie kam nicht umhin, ein wenig Mitleid mit ihrem Erzfeind aufzubringen, zumal sie nicht verstand, warum, und wer ihm etwas Derartiges antut. Denn der Einzige, der ihr einfiel, war Bernhard.

Weshalb sollte der seinen Meister und Quelle aller Kräfte angreifen?

Eine riesige Pranke schloss sich um ihr Handgelenk und Bea blickte zu Ramón hinab, der sie aus vor Wut blitzenden Augen ansah. Er nickte matt.

„Ich helfe Euch. Aber ich tue es nicht für Euch."

Ramóns erster Versuch eines Ausbruchs erfolgte nach ausreichender Erholung wenige Tage später, indem er schlichtweg die Tür aus den Angeln hob. Wider Erwarten gelang es, doch befand sich hinter der Tür eine ähnliche goldene Barriere wie um das Schloss. Bea war sich sicher, dass die Blockade zuvor jedoch nicht dort war und sich erst vor den Eingang schob, als sich die Türscharniere verbogen.

Schnaubend balancierte Ramón die Tür über seinem Kopf, schleuderte sie gegen die Barriere, wo sie tosend zerbrach und abprallte. Er wich zur Seite aus und Bea warf sich flach auf den Boden, um den hölzernen Splittern die wie Pfeile über sie hinweg stoben auszuweichen.

Er sah zu ihr herab, begegnete ihrem strafenden Blick und nahm es mit Gleichmut hin. Er hob die Schultern und berührte anschließend vorsichtig die durchscheinende und doch so undurchdringliche Wand.

„Wisst Ihr", begann er, „das fühlt sich lebendig an."

„Unsinn", meinte Bea und rappelte sich auf. Ramón trat einen Schritt zur Seite und deutete ihr, dass sie die Wand selbst anfassen möge. Sie tat es und riss ihre Hand mit einem spitzen Aufschrei zurück. Er hatte die Wahrheit gesprochen. Die Barriere war warm, etwas, wie ein Pulsschlag ließ sie gleichmäßig vibrieren. „Und Ihr wisst nicht, was das ist?", wollte sie wissen. „Ich dachte, es wäre Eure Magie."

„Ich kann nachvollziehen, dass Ihr das glaubt, aber nein, es ist nicht meine Magie."

Womit sie beide wieder an einem Punkt angekommen waren, den sie vor zwei Tagen erreichten. Was war mit Ramóns magischen Fähigkeiten geschehen? Seine sarkastischen Worte, dass er ja nur mit den Fingern schnipsen müsste, hatten Bea verwundert. Denn tatsächlich sollte ihm das möglich sein. Wären seine Fähigkeiten versiegelt, könnte die Prinzessin ihm helfen, aber sie schienen verschwunden. Eine kleine Restmenge an magischer Energie war noch in ihm, jene Menge, die er vom Triforce erhielt. Nur genügte es nicht, damit er sie beide aus dem Schloss teleportieren konnte.

Er trat ans Fenster, öffnete es und sah abwartend in die Tiefe. Eine weitere dieser fast gallertartigen Wände erschien nicht. Man nahm wohl an, sie würden ihr Leben nicht auf solche Art so leichtsinnig aufs Spiel setzen.

„Ich sehe nur eine Möglichkeit. Wir müssen aus dem Fenster klettern."

„Wie soll uns das gelingen? Eher stürzen wir in den Tod!"

Ramón seufzte.

„Wollt Ihr nun hier heraus oder nicht?"

Sie gab drein und Ramón knotete zusammen, was er in die Finger bekam. Betttücher, eine Tischdecke, mehrere Kissenbezüge, Kleidung, seinen eigenen Umhang und sogar einen dünnen Teppich. Er befestigte das Gebilde am Bettpfosten und ließ es in die Tiefe hinab. Ohne weiter auf Bea zu achten, schwang er sich aus dem Fenster und machte sich an den Abstieg.

In einiger Entfernung entdeckte Ramón ein hölzernes Baugerüst, das, sollte es erreichbar sein, ihren Abstieg wesentlich erleichtern würde. Mehrmals stieß er sich von der Mauer ab und versuchte durch Pendeln und einem seitwärtigen Lauf an der Wand entlang, das Gerüst greifen. Doch wann immer er glaubte, nur noch die Hand ausstrecken zu müssen, riss das provisorische Seil ihn zurück und er schlug hart gegen den unnachgiebigen Stein. Beim letzten

Schlag wich ihm die Luft pfeifend aus den Lungen, und er musste einsehen, dass er keine andere Wahl hatte, als hinabzuklettern und abzuspringen. Weitere Versuche das Gerüst zu erreichen, würden womöglich das Tuch – und Teppichgebilde reißen lassen. Fluchend ließ er sich weiter hinab. Gäbe es doch wenigstens noch einige Fenster, an denen er Halt finden würde! Aber nein, die Mauer musste ja glatt und eben sein! Wer hatte dieses Schloss bloß entworfen?

Auf der Hälfte der Strecke warf er einen Blick an der Außenmauer nach oben. Sichtlich entschlossen kletterte ihm die Prinzessin hinterher. „Wisst Ihr denn, wie wir weiterkommen, sobald wir unten sind? Die Barriere ist uns noch immer im Weg."

Darauf wusste sie keine Antwort, sie würden darüber nachdenken können, wenn es soweit war. Den letzten Rest musste Ramón hinab springen. Der Aufprall erwies sich als höchst schmerzhaft, weshalb er für Augenblicke nur schnaufend stehen bleiben konnte, zumal er noch nicht gänzlich genesen war, von was auch immer man ihm antat. Denn eine genauere Auskunft hatte er der Prinzessin nicht über die Vorgänge gegeben, nur dass es keine Folter im eigentlichen Sinne gewesen war. Für die wesentlich kleinere, zartere und ungeübtere Bea war die Distanz zwischen dem Ende ihres provisorischen Fluchtseils und dem Boden zu hoch und ein Sprung würde sie womöglich ernsthaft verletzen. Oder aber, dachte der Gerudo diebisch lächelnd, sie gleitete mit ihren langen Röcken davon wie ein Blatt im Wind. Er schüttelte den Kopf, streckte seine Arme vor und nach

173

mehrmaliger, unwirscher Aufforderung schenkte ihm Bea genug Vertrauen, um sich fallen zu lassen. Ramón fing sie sicher auf und stellte sie mit einem mürrischen Grummeln auf die Füße. „Na also", meinte er nur und deutete in Richtung der Barriere.

„Wie geht es jetzt weiter?"

Auf dem Vorplatz des Schlosses stehend, wurden beide sich der Ausmaße des Kraftfeldes bewusst. Es umgab die Festung vollständig, sowie Teile des Aufweges und des Friedhofs, lief in einer Kuppel zusammen, ohne ein Anzeichen, dass es irgendwo ein Hindurchkommen gab. Augenscheinlich war die gewaltige Turmspitze ungefährlich, da sie nirgends Beschädigungen hinterlassen hatte. Von ihr vollständig eingeschlossene Bäume, Blumen, gar Teile von Statuen, welche die Gärten säumten, sahen aus, wie zuvor. Und doch gab es keine Möglichkeit die Barriere zu durchstoßen.

Gemeinsam schritten sie die Grenze des Kraftfeldes ab, sahen in den Stallungen nach, sogar in den Gesindehäusern, welche sich in die Schatten des Schlosses schmiegten. Nirgends entdeckten sie ein lebendiges Wesen, zu ihrem Glück auch weder Schattenwesen noch, besonders zu Beas Erleichterung, Tote.

Ihr letztes Ziel war der Friedhof, der sich in absoluter Stille präsentierte. Selbst der Wind, der außen gegen das Kraftfeld schlug, wurde zu einem undeutlichen Flüstern. Keuchend erklomm Bea die Begrenzungsmauer, während Ramón vor einem Baum stehen blieb und erschauderte. Ein Grabstein in nächster

Nähe, erzählte ihm in ausgeblichenen hylianischen Lettern von einem verwunschenen oder gar verfluchten Schwertkämpfer, der an den Wurzeln des alten, ausladenden Baumes ruhen sollte. Nicht, dass er sich bereits zuvor unwohl fühlte, doch an dieser Stelle sprang ihn das Gefühl an wie eine wilde Bestie.

„Du bist hier nicht willkommen!", schien es zu brüllen.

Unsichtbare Hände griffen mit dürren, knochigen Klauen nach ihm.

Prinzessin Beas Ruf holte ihn mit Wucht in die Wirklichkeit zurück und ließ das Unsichtbare weichen. Er schüttelte das Gefühl ab und lief rasch zu ihr, kletterte zu ihr auf die Mauer und erkannte, was sie so sehr überraschte. An dieser Stelle, unterhalb der Brüstung, gab es ein Loch in der magischen Wand. Viel zu klein, als dass sie hindurch kriechen könnten. Außerdem lag dort bereits jemand. Ein winziges, zusammengekrümmtes Wesen, sorgfältig abgelegt in der Nische und von einer wollenen Decke umhüllt.

Schwer und rasselnd atmend, wandte das Geschöpf sein Haupt und starrte sie aus riesigen Augen an. Stumm formten die schmalen Lippen Worte.

„Lucky ..." Es war keine Frage, welche Bea an das Wesen richtete, mehr ein Ausdruck reiner Verwunderung. Instinktiv lehnte die Prinzessin sich vor und streckte eine Hand aus, damit sie Lucky berühren konnte, doch mit schwindender Kraft wehrte diese sie ab. Stattdessen sah sie mit einem matten Nicken zu Ramón.

Er schien zu verstehen. „Aber viel kann ich Euch nicht geben."

Lucky lächelte müde und hauchte ein kaum Wahrnehmbares:
„Macht nichts. Und ...Jasmin, er wollte zu … Jasmin …"

Ramón streckte sich und legte seine rechte Hand gegen Luckys Stirn. Ein flüchtiger Blitz dunkler Energie sprang auf sie über und sogleich wurde ihr Atem regelmäßiger. Zeitgleich zog die Barriere sich soweit zurück, dass sie hindurch passen würden. Erst als Luckys Hände zu Boden sanken, ihr Kopf zur Seite glitt, erkannte Bea, dass Lucky das Kraftfeld berührt hatte.

Ramón ließ sich an der Wand herab, robbte durch die entstandene Öffnung und wartete, bis Bea an seiner Seite war.

Als er weitergehen wollte, hielt sie ihn zurück.

„Müssen wir sie wirklich in diesem Zustand hier lassen?"

„Wir können sie nicht mitnehmen. Macht Euch keine Sorgen, sie ist nur bewusstlos, und offenbar kümmert sich auch jemand um sie. Sie wird überleben, aber wenn sie genesen soll, müssen wir Euren Helden finden."

Die Prinzessin mochte kaum etwas anderes erwartet haben, dennoch gefiel es ihr nicht, wie er das Wort „Held" förmlich ausspie. Sie warf noch einen letzten Blick auf die Schattenprinzessin und erspähte zwei Gmainer, die sich langsam und geduckt, mit Wasser und Gemüse in den starken Händen, der Wand näherten. Gut, dachte sie, passt gut auf sie auf.

179

In den frühen Morgenstunden lag der Weiher ruhig und glatt vor ihm. Dunstwolken kräuselten sich auf der Wasseroberfläche und aufgeweckte Fische sprangen mit schillernden Leibern empor, um nach Insekten zu schnappen. Richie setzte sich am Ufer in den feinen Sand und beobachtete, wie seine Pfoten in dem feuchten, nachgiebigen Sand versanken. Mit dem Sonnenaufgang, der einen breiten Steifen gleißenden Lichts auf das Wasser malte, kehrte angenehme, duftende Wärme ein und er hob seine Nase in den sanften Wind.

Einer der Fische schwamm in Ufernähe und schien ihn zu beobachten, doch verschwand rasch in tiefere Gewässer, als Richie sich bewegte. Er trank ein wenig Wasser, trabte am Ufer entlang und sah zu den sporadisch

180

auftauchenden Zora-Wachen, die ihre Köpfe aus dem kalten Nass reckten und ihn ihrerseits beobachteten. Recht schnell entschieden sie wohl, dass er keine Gefahr war und behelligten ihn nicht weiter.

Über einen hölzernen Steg schließlich, erreichte Richie den Eingang zu Jasmins Quelle und wusste nicht mehr, was er dort eigentlich wollte. Wieder zerstreuten sich seine Gedanken, fing sein Blick eine Ablenkung auf, nahm die Nase einen verführerischen Duft wahr. Hinter dem dunklen Schlund des Eingangs flirrten Lichtpunkte, die ihn näher lockten und vorsichtig setzte er eine Pfote vor die andere, damit er auf dem feuchten Grund nicht ausrutschte. Die Luft in der eigentlichen Höhle war klar, frisch und angenehm.

Als Jasmin aus dem Wasser stieg, wich Richie zurück und duckte sich, um der sprühenden Gischt zu entgehen. Besorgt musterte der Lichtgeist ihn, näherte sich ihm mit dem riesigen Kopf und betrachtete ihn von allen Seiten, ehe er sich wieder aufrichtete. Das göttliche Wesen sprach zu ihm, doch um es zu verstehen, musste Richie sich so stark konzentrieren, dass ihm der Kopf schmerzte. Irgendwo in dem Durcheinander seines Geistes war ihm bewusst, dass das keineswegs so sein sollte.

„Geh in den Heiligen Hain", verstand er mit Mühe.

„Dort wirst du finden, was du suchst."

„Bei allem, was heilig ist", keuchte Bea atemlos und sank vor Erschöpfung und mit vor Schmerz schier schreienden, überlasteten Muskeln auf die Knie.

„Was waren das für Wesen!?"

Sie blickte hinter sich. Die Angreifer standen noch immer am Ende der Zugbrücke und starrten sie aus glühenden Augen hasserfüllt an. Faulige Kreaturen, mit schwärenden Gliedmaßen und eitrigen Wunden, grässliche Gestalten, die einem Grab oder einem Albtraum entstiegen sein mussten. Der ungnädige Wind trieb ihr einen abscheulichen Gestank entgegen, der Tränen in ihre Augen steigen ließ.

Ramón stützte sich schwer atmend mit den Handflächen auf den Knien ab und schüttelte in Unglaube den Kopf.

„Ich weiß es nicht, Prinzessin. Aber sie scheinen uns nicht weiter zu verfolgen.

Mir scheint, sie können die Stadt nicht verlassen."

Die Ruhe, mit der Ramón sprach, ließ Bea Zornesröte in die Wangen kriechen. Wie konnte er so ruhig bleiben? Dachte er denn überhaupt nicht an die Menschen in der Stadt, die unter diesem widerlichen Unleben, das durch die Straßen und Gassen schlich wie ein lebendig gewordener Fluch, am meisten zu leiden hatten?

Aber was wusste sie schon. Im Prinzip kannte sie von Ramón nur die unzähligen Mythen und Schauermärchen, die sich um seine Person rankten.

Vieles mochte wahr sein, doch gewisse Dinge waren sicher ebenso nur Legende. Dass es ihm an Mitgefühl mangelte, schien offenbar jedoch keine zusein, oder es kümmerte ihn schlicht nicht.

„Ihr solltet ein wenig rasten, Prinzessin",
sagte er ihr und begleitete sie bis zu
einem kleinen Weiher, dessen
umstehende Bäume ein dichtes Dach
aus grünen Blättern über dem dunklen
Wasser bildeten. Fast dankbar lehnte sie
sich an einen rissigen Stamm, zog ihre
Schuhe aus und schloss die Augen.

Daher bemerkte sie kaum, dass Ramón
sie für einige Zeit verließ, doch als er
zurückkehrte, führte er ein zotteliges
aber stattliches Pferd am Zügel mit sich
und hatte ein solide wirkendes, doch
einfaches, Schwert umgegürtet.

„Wo habt Ihr das her?", fragte Bea
voller Argwohn und er lächelte, wenn
auch wenig Vertrauen erweckend.

„Gestohlen habe ich es und den Besitzer
getötet. Ist es das, was Ihr hören

wollt?", meinte er frostig, denn der Unterton in Beas Stimme war ihm nicht entgangen. Die Direktheit verschlug der Prinzessin die Sprache.

„Ich habe beides von dem Bauern dort hinten gekauft. Das ist Euch gewiss genehmer, nicht wahr? Und fragt Euch selbst, was ich davon hätte, irgendeinen Bauern zu töten."

Er deutete hinter sich, wo sich die Zäune und Gebäude eines großen Gehöfts zwischen goldenen Ähren erahnen ließen. Erst als Bea wütend aufspringen wollte, sah sie, dass aus Ramóns prächtigem Kopfschmuck zwei der Edelsteine fehlten. Sie blieb sprachlos, schlicht, weil sie nicht wusste, wie sie darauf reagieren sollte. Natürlich war ihr erster Gedanke, dass er Ross und Waffe mit Gewalt an sich brachte und selbst nachdem er ihr die Umstände schilderte, hegte sie noch Zweifel. Doch unsäglich von der Flucht erschöpft, legte sie keinen Wert auf Streit und lehnte sich wieder an den Baumstamm.

Und er hatte gar noch mehr mitgebracht. Für Bea einen langen schlichten Dolch und für sie beide ein wenig Proviant und eine flauschige Decke. Mit einem Zelt hatte der augenscheinlich gut ausgerüstete Großbauer ihnen nicht dienen können, allerdings war ein solches auch ihre geringste Sorge. Schweigend beobachtete Bea wenige Minuten später, wie Ramón barfuß und mit hochgeschobenen Hosenbeinen in den Weiher watete, absolut reglos stehen blieb und mit einem plötzlichen Ruck seine Arme ins Wasser stieß.

Sein erster Fang war ein zappeliger Frosch, den er mit einem enttäuschten

Grunzen hinter sich und, vermutlich aus Versehen, aus Beas Sicht „hoffentlich", gegen einen Baum warf. Benommen hoppelte das Tier davon, nicht ohne ein lautes, wohl entrüstetes, Quaken von sich zu geben.

Beim zweiten Versuch war Ramón das Glück hold und er hob den hässlichsten, pickeligsten Bewohner aus dem Wasser, den die Prinzessin je sah.

Nichtsdestotrotz erwies der Fisch sich als köstlich und das weiße Fleisch als ungemein zart. Doch obwohl Bea sich zugestand, dass sie diesen Augenblick am Weiher, unter dem blauen Himmel Marzolls, den sie seit Monaten nicht mehr sah, zutiefst genoss, wurde sie schon bald unruhig und sah zu Ramón.

„Wir sollten aufbrechen", sagte sie und er nickte bedächtig, deckte ihr kleines

Lagerfeuer mit Erde ab und vergrub die Überreste des Mahles. Nachdem er Bea auf das Pferd gehoben hatte und sich selbst in den Sattel schwang, warf er einen Blick zurück auf die Stadt, deren eine Teil im strahlenden Sonnenschein dem Auge des Betrachters schmeichelte und ein anderer durch die weithin sichtbare Barriere ins Unerträgliche verschandelt wurde. Er hatte Bea nicht alles berichtet, was auf dem Gut geschehen war. Während er mit dem Herrn des Hauses verhandelte, pflegte dessen adrette, aktive und redselige Frau um sie herumzueilen und zu plappern wie ein Wasserfall. Ramón hatte gut genug zugehört, um zu verstehen, dass ein Handel in der Stadt nicht mehr möglich war. Diese wilden Kreaturen vertrieben jeden, der den Stadttoren zu nahe kam. Und, hatte sie bedauernd hinzugefügt, sie hätte gehört, dass auch die ansässigen

Händler, gleichgültig welcher Zunft, daran gehindert wurden, ihre Häuser und Werkstätten zu verlassen.

Für Ramón stellte sich die Frage, welcher wahnsinnige Möchtegern—Herrscher dergleichen tat. Man konnte seinen Standpunkt deutlich machen, wenn es sein musste, auch mit Gewalt, aber das tägliche Leben zu verhindern, war unsagbar dumm. Handel brachte Rubine, Nahrung, den Austausch von Nachrichten und Informationen. Dinge, auf die man als Herrscher nicht verzichten konnte. Er glaubte nicht daran, dass all das Bernhards Werk allein war, obschon er ihn für einen machtbesessenen, leicht zu beeinflussenden Trottel hielt, dem er dergleichen zutraue. Ohne geeignete Führung aber, war Bernhard schwach und viel zu impulsiv. Trotzdem würde er es über alle Maßen genießen.

Das dunkle Lachen, welches ihm die Kehle hinaufstieg, unterdrückte er. Jetzt war nicht die Zeit dafür, Bea in Schrecken zu versetzen. Auch etwas anderes bemerkte er, während sie sich auf dem Weg zum Weiher befanden. Die Ebenen lagen frei von Monstern vor ihnen. Einige entdeckte er zwar, aber diese schienen bereits tot. Seltsamer noch, nicht Schwertstreiche waren ihr Ende gewesen, vielmehr sahen sie aus, als starben sie vor Angst. Und bei Monstern war das mehr als ungewöhnlich. Geradezu absurd.

Dass die Prinzessin ähnliche Gedanken und Überlegungen plagten, vermochte er ihr anzusehen, doch sie sagte nichts. Eine Antwort hätte er ihr ohnehin nicht geben können. Er verstand es schließlich selbst nicht.

Besser wurde es auch nicht, nachdem sie Jasmin aufsuchten. Ramón hatte mit mürrischem Gesichtsausdruck und verschränkten Armen vor dem Eingang gewartet. Zum einen, weil ihm die Anwesenheit des Lichtgeistes unangenehm war, zum anderen, weil Jasmin ihn wahrscheinlich überhaupt nicht hineingelassen hätte. Als Bea zurückkehrte, war sie gar noch blasser als zuvor. Und was sie ihm berichtete, ließ ihn der Aufforderung nach einem raschen Aufbruch sofort nachkommen.

Der heilige Hain war ein verwunschener Ort, der die Geschichte Marzolls bei jedem Schritt zu atmen schien. Flüsternd erzählten die überwucherten Ruinen, die kahlen Mauern und von Moos bewachsenen Steine von einer Zeit die vergangen, aber nicht vergessen war. Sie berichteten von einstiger

Pracht, von Leben erfüllten Gassen und von Gebeten im alten Schrein.

Aus der Ferne betrachtete Richie die Überreste der Zitadelle der Zeit, die zerborstenen Fenster und Mauern, die der Wald verschlang. Es war still an jenem Ort, selbst die Vögel schwiegen, als wüssten sie um die Andächtigkeit die dieser verlassene Platz gebot. Der umgebende Wald war tief, dicht und von angenehmen Dunkel. Alte Bäume reckten ihre wuchernden Kronen unerreichbar hoch dem Licht entgegen, umtanzt von Staubflöckchen, die in der Sonne wie magisch schimmerten. Aus dem Laub und dem Moos erhoben sich winzige Sprösslinge, bereit, ebenfalls kraftvoll in den Himmel vorzustoßen.

Ein verirrter Schmetterling landete auf Richies Nase und er schnappte kurzerhand zu. Bitter schmeckten sie.

Gegen seinen nagenden Hunger sollte er wohl etwas fangen, das angenehmer zu verzehren war.

Er wandte sich von den Ruinen ab, in denen es für ihn nichts mehr zu tun gab, deren Bedeutung in weite Ferne gerückt war. Da war kaum mehr etwas, kein Schmerz, kein inneres Drängen, und Richie fühlte sich befreit, leichter, nicht länger eingezwängt.

Die Geräusche des Waldes begleiteten ihn bei jedem Schritt auf leisen Pfoten. Es tat gut an, wesentlich realer als noch vor einigen Stunden, als er im Zentrum der verfallenen Zitadelle stand. Als er einen jungen, unvorsichtigen Hasen aufschreckte, das Tier ihn mit bebenden Ohren anstarrte, ergriff er die sich bietende Gelegenheit. Nach einer kurzen Hatz packte er ihn und schleuderte ihn kraftvoll auf den Boden.

Das Tier war betäubt und Richie setzte dessen Leben mit einem raschen Biss ein Ende. Das warme Fleisch schien eine Wohltat für seinen darbenden Magen zu sein und bald waren von dem Hasen nicht mal mehr Knochen übrig. Nur der Blutfleck auf dem feuchten Waldboden zeugte noch davon, und auch der würde bald vom drohenden Regen hinfort gewaschen.

Zufrieden legte Richie sich unter eine hohle Baumwurzel, leckte sich die Pfoten sauber und döste ein. Ein ruhiger, kurzer Schlaf, der ihm köstliches Vergessen schenkte. Nicht länger war er dem verbunden, was er in den klingenden Ruinen fand und dort zurückließ. Er war frei.

Ein fernes Säuseln ließ ihn aufschrecken und er legte seine Ohren nach hinten, drehte sie dem Geräusch entgegen. Tief aus dem Wald drang ein weiches, kummervolles Heulen zu ihm und nach einigem Zögern beantwortete Richie den Ruf.

Der darauf folgenden Antwort lief er entgegen, erst schneller, dann langsamer und geduckt. Ein Geruch drang zu ihm, der ihn zur Vorsicht mahnte. Es roch nach Tod, nach Verwesung und Angst. Zwischen den lichter werdenden Bäumen erschien eine hochbeinige, edle Gestalt. Ein schlanker Kopf wandte sich ihm zu. Weißes Fell, das unter den grauen aufziehenden Wolken ebenso matt wirkte.

Ein anderer Teil der Seele, der sich bis jetzt zurückgezogen hatte, erhob seine leise Stimme. Er sollte der Wölfin helfen, die in einer Schlinge gefangen war, wie er erkannte, als er näher heran kroch.

Blut sickerte aus dem eingeschnürten Hinterbein, tief war der Draht in Haut und Sehnen eingedrungen. Verängstigt knurrte die Wölfin und presste sich auf den Boden. Richie sträubte sein Nackenfell und zeigte seine Zähne, jedoch ohne zu knurren. Er folgte der Drahtschnur bis zu deren Ursprung. Sie war um einen sehr jungen Baum gewickelt worden und da er den Draht nicht durchbeißen konnte, zerrte er die Schlinge herunter, wobei er die wenigen Blätter und die noch grünliche Rinde vollständig abschälte. Das Bäumchen bog sich kahl und nun von trauriger Gestalt schwungvoll zurück und die Wölfin war frei.

Auf drei Beinen hinkte sie davon und neben Richie schlug der Bolzen einer Armbrust ein. Knurrend sprang er zur Seite, als ein weiterer folgte und sah zu dem Schützen. Dieser grobschlächtige Mann war es, der nach Tod roch.

„Dreckiges Vieh", brüllte er und spuckte aus.
„Einen schönen Bettvorleger wirst du abgeben, vielleicht auch ein Mäntelchen. Eh, was hältst du davon? Und aus deiner Freundin mach' ich mir hübsche, warme Stiefel."

Als der Mann erneut auf ihn anlegte, überwand Richie die Distanz mit weit aufgerissener Schnauze in nur einem Sprung.

In tiefster Dunkelheit erreichten Bea und Ramón die Überreste der Zitadelle. Beinahe ohne Pause waren sie tagelang geritten. Dem Pferd stand Schaum vor dem Maul, Schweiß klebte in dicken weißen Flocken in dessen Fell und seine Flanken blähten sich unter tiefen, erschöpften Atemzügen. Die Prinzessin sprang vom Pferd und Ramón folgte ihr nach einiger Zeit. So gut es möglich war, rieb er das erschöpfte Pferd mit einem Tuch ab und führte es zu einem schmalen Bach, wo er sorgfältig darauf achtete, dass es nicht zu viel und zu gierig trank.

Bea kniete vor dem Podest des Masterschwerts, als er zu ihr zurückkehrte. Sie bewegte sich kaum, nur ihre Schultern hoben und senkten sich, als würde sie ein Schluchzen unterdrücken.

Er trat näher heran und sah, warum sie so aufgelöst war. Das masterschwert lag auf dem Boden vor dem Podest und daneben Richies verschmutzte und durchnässte grüne Heldenkleidung.

„Und mit einem toten Pferd kommen wir überhaupt nicht weiter! Ihr seid doch sonst eine Ausgeburt der Vernunft! Reißt Euch also zusammen!", brüllte Ramón, als Bea ihn wiederholt bat, endlich aufzubrechen und dass sie sich keine Verzögerung mehr würden leisten können.

Sie zuckte unter seinem Zorn nicht zurück, sondern blickte ihn herausfordernd an. Doch dann glitt ihr Blick an ihm vorbei zu dem erschöpften Pferd. Es sah bedauernswert aus, lehnte mit der Nase auf dem Boden an einem Baum und atmete schwer.

„Ich hätte Euch nicht für einen Tierfreund gehalten", sagte die Prinzessin leise und ruhiger, nachdem sie erkennen musste, dass er recht hatte.

„Was sollte man mit einem störrischen Pferd, das sich dem Reiter verweigert, weil man es schlecht behandelt, mh?"

„Es ist also Berechnung?"

„Wenn Ihr so wollt. Nun, aber ich habe nichts dagegen, wenn Ihr zu Fuß weitergehen wollt. Ich werde Euch jedoch gewiss nicht hinterherlaufen, wie Euer treuer Diener."

Sie sah ihm an, dass er es auf ein Wortgefecht anlegte, daher hob sie die Schultern und wandte sich von ihm ab. In den vergangenen Wochen waren sie verhältnismäßig gut miteinander ausgekommen und das wollte sie nicht verderben, indem sie sich in einen sinnlosen Streit ziehen ließ. Es gab wichtigere Dinge.

„Nebenbei, ich bin mir sicher, dass Richie noch immer in den Wäldern ist."

„Wie kommt Ihr darauf?", fragte sie, ohne sich umzusehen.

„Die Wälder sind groß, alt und dicht. Es gibt Unmengen an Wild, und in seiner jetzigen Verfassung wird ihm das sehr gut gefallen."

Ramón begann, ihr Lager aufzuschlagen. Das Blätterdach bot genügend Schutz, wenn auch nicht so viel, dass sie bei einem weiteren heftigen Regenguss trocken blieben. Doch es würde genügen, so wie in den vergangenen Wochen auch.

Innerlich musste er sich eingestehen, dass er Bea für ihr Durchhaltevermögen Respekt zollte. Er mochte von Beginn an keine der zarten, behüteten Damen in ihr gesehen haben, aber ihre Zähigkeit und dass sie sich nicht ein einziges Mal beklagt hatte, bewunderte er dennoch.

Bald schon saßen sie sich am prasselnden Lagerfeuer gegenüber und schwiegen in die ruhige Nacht. Gelegentlich durchbrach der schaurige Ruf eines Käuzchens die seltsame Harmonie, bis Ramón sich vorsichtig erhob und sich dem tiefen Wald zuwandte.

„Stimmt etwas nicht?", fragte Bea ihn beunruhigt und der legte sich einen Finger gegen die Lippen. Er neigte den Kopf und schien zu lauschen, doch dann schüttelte er den Kopf.

„Mir kam es vor, als würde man uns beobachten. Na ja, das habe ich mir wohl eingebildet."

So musste es sein, denn die Nacht war still und friedlich wie ehedem.

Richie verließ den Bau der ruhenden Wölfin, die seinen Schritten mit fiebrigem Blick folgte, ehe sie kaum wahrnehmbar jaulend ihren Kopf zurück auf ihre Pfoten sinken ließ. Ihm war es gelungen, den Draht zu entfernen, jedoch war die Wunde schrecklich entzündet. Es gab etwas, womit er ihr helfen könnte, er wusste nur nicht was, war nicht in der Lage es zu greifen, nicht begreifen.

Als Richie vor nur knapp zwei Wochen den Bau erreichte, war es gespenstisch still gewesen. Zaghaft nur schoben sich mehrere Köpfe aus der Höhle. Die Welpen, welche sich rasch, neugierig und entsetzlich hungrig herauswagten, waren dürr und kraftlos. Von den drei Jährlingen, wirkte einer, als würde er die

Nacht nicht überleben. Wölfe sind zäh und konnten durchaus ohne Probleme einige Zeit ohne Futter auskommen, aber diese zarten Wesen waren einfach noch zu jung.

Auch in dieser Nacht kamen die Welpen zu ihm, kräftiger und erholter inzwischen, sprangen an ihm hoch und leckten ihm winselnd die Lefzen. Richie würgte heraus, was er hatte fangen können, und das war nicht viel gewesen. Er hätte mehr Erfolg bei der Jagd gehabt, wären nicht zwei Menschen durch den Wald gestapft wie ein Rudel brünftiger Hirsch.

Er heulte leise, um die Jährlinge zu rufen, damit sie ihn bei der Jagd unterstützen konnten. Die beiden kräftigeren Tiere, eine Fähe und ein Rüde, kamen. Der Rüde knurrte widerwillig und Richie stellte drohend sein Fell auf, bleckte die Zähne und straffte sich. Der Rüde war wohl etwas mehr als ein Jahr alt und sollte bald seiner eigenen Wege gehen, doch für den Moment war er nicht bereit, Richie als neues Oberhaupt des Rudels zu akzeptieren, und wollte ein weiteres Mal seine Grenzen ausloten. Der Jungwolf sprang auf ihn zu und riss die Schnauze auf.

Richie, der es leid geworden war, ihm durch einen kurzen, kräftigen Biss in den Nacken zu zeigen, dass er es nicht herausfordern sollte, warf sich auf ihn, drückte ihm die Vorderpfoten auf den Rücken und presste ihn somit zu Boden, dann packte er die Schnauze von oben und umschloss sie mit den eigenen Kiefern. Als das Jungtier sich entwinden wollte, drückte er seine Zähne fester in die empfindliche Stelle und wartete drohend knurrend ab. Lange dauerte das Kräftemessen nicht und der junge Wolf rollte sich unter ihm mit eingezogenem Schwanz auf den Rücken. Es war nicht die erste Auseinandersetzung dieser Art gewesen, aber diesmal hatten seine „Argumente" endlich Wirkung gezeigt. Richie schnaubte zufrieden und trabte voran.

Für ihn wirkten die Wälder in der Nacht gänzlich anders. Von allem, was in irgendeiner Form lebte, strömte sichtbare Energie in sein Blickfeld. Weich und zart war das Licht der Pflanzen, silbrig vielleicht. Golden und aufgeregt war jenes der Beute, ganz gleich wie groß oder klein sie war. Ein jedes besaß ein Vibrieren im Rhythmus des Herzschlages. Gerüche mischten sich zu einem farbenfrohen, sinnlichen Abbild der Umwelt. Ja, selbst der Boden und die Felsen waren auf ihre Art und Weise lebendig.

Die verträufelte Spur vor seiner Nase führte ihn zurück in die Richtung, aus der er einst kam, ein leuchtendes Band, dem er mit Blick und Nase folgen konnte.

Als sein feines Gehör ein Geräusch wahrnahm, gab er den Jungtieren durch einen leisen Laut zu verstehen, dass sie sich verbergen sollten.

Er selbst robbte auf dem Bauch den Stimmen entgegen. Auf der Lichtung unter sich erkannte er den Mann und die Frau, die seine Beute mit ihrem Krawall verscheuchten. Sie hatten aufgehört zu streiten und zumindest die Frau wirkte unzufrieden. Er verstand nicht, was sie redeten, es kümmerte ihn auch nicht, und doch … Da war etwas.

Ein leises Raunen, tief verborgen in seinen Erinnerungen. Zu weit weg, um es erfassen zu können und doch präsent. Ein Hauch von Vertrautheit auf der einen Seite und der kaum wahrnehmbare Stachel der Feindschaft auf der anderen. Dass die beiden zusammen waren, war falsch, aber auch wieder richtig. Verwirrt schüttelte er sich und zog sich zurück, als er sah, dass der Mann aufstand und sich in seine Richtung wandte.

Bea rollte sich auf die Seite und blickte zu Ramón hinüber. Er schlief nie wirklich fest, wie sie in der letzten Zeit hatte feststellen können. Ständig war er wachsam und unter einer unerklärlichen Spannung. Sie wusste, dass er bemerkte, wie sie aufstand und zum Podest des Masterschwerts ging. Nachdenklich blickte sie auf den nun leeren Sockel und das Symbol des Triforce. Bisher hatte sie nie darüber nachgedacht, warum es so aussah. Weshalb steckte das Schwert in der Mitte der erhabenen Dreiecke?

Wenn es Ramón bannen sollte, warum nicht im Triforce der Kraft? Bea kniete sich zu Boden und ließ ihre Finger über die Fragmente gleiten. Weisheit, Mut und Stärke, dachte sie.

Die Göttin hatte mit Richie eine vortreffliche Wahl getan und mit ihr selbst wohl auch. Aber Ramón? Sie wollte nicht glauben, dass der Gerudo das Triforce auf seltsame, magische Weise an sich brachte. Was, wenn die Göttin auch ihn erwählte, weil er dem Attribut der Stärke am besten entsprach und einfach passend war? Ja, was dann? Die Fragmente, obwohl jedes für sich und getrennt, bildeten eine Einheit.

Weisheit hielt Mut und umgekehrt, und sie beide trugen Kraft. Im Gegenzug behütete Stärke ebensolche und Mut. Gemeinsam umschlossen sie die dunkle Mitte, betteten sie ein, umfriedeten sie. Sie drei hielten im Banne, was im Zentrum verborgen lag..

Ob aus dem nachtschwarzen Zentrum jenes Biest stammte, das man Ganon nannte? Der Mann Ramón mochte es, sich freiwillig auf seiner Suche nach Allmacht und Herrschaft eingelassen haben, aber es erschien der Prinzessin möglich, dass beide verschiedene Persönlichkeiten waren. Wenn ja und so sie den alten Geschichten glaubte, musste dieses Wesen bereits früher geeignete Wirte gesucht und genutzt haben, ehe es in Ramón den perfekten fand.

Sie rieb sich über die Stirn. Wiederum würde das bedeuten, dass es keinen

Unterschied machte, ob der Gerudo starb. Ganon sucht sich ein neues Ziel, oder sich vollständig selbst manifestieren.

Ihren letzten Gedanken ließ sie verharren und gab einen leisen nachdenklichen Laut von sich.

„Sich selbst manifestieren ..."

Ihr Blick wanderte zu dem ruhenden Ramón, zum Masterschwert und wieder zurück. Nachdenklich tippte sie sich gegen ihre Lippen und lachte schließlich leise über sich selbst.

Bea entschied, dass sie ihren Kopf wieder freibekommen musste, ehe sie über ihr Rätsel noch vergaß, weswegen sie in die Wälder gekommen waren. Daher verließ sie ihr Lager und machte sich daran, die Umgebung der Ruinen zu erkunden. Allmählich begann der Tag sich zu lichten und im Wald erwachte das Leben. Einem alten überwucherten, jedoch noch erkennbaren Weg folgend, erklomm sie eine Hügelkuppe, um welche der Weg herumführte.

Ein Schrei blieb ihr im Halse stecken und für mehrere Atemzüge verharrte sie reglos an Ort und Stelle, ehe sie doch nach Ramón rief.

Unerträglicher Gestank schlug ihr entgegen und sie presste sich eine Hand vor Mund und Nase, um wenigstens etwas davon auszusperren. Das Summen der unzähligen Fliegen, die wie eine schwarze Wolke über einem verwesenden Leichnam schwebten, war nahezu ohrenbetäubend.

Bea wartete nicht, bis Ramón zu ihr aufschloss, sondern ging bedeckt atmend zu der nahen Hütte, die sie zwischen den Bäumen erspähte. Doch dort schnürte ihr das Entsetzen erneut die Kehle zu. Die vollkommen verdreckte Einrichtung fiel ihr kaum auf, angesichts der unzähligen Felle die an kreuz und quer gespannten Leinen in der Hütte hingen. Ein halbgehäuteter Wolfskadaver lag auf einem blutverschmierten Tisch. Tränen schossen in ihre Augen. Zwei kräftige Hände legten sich auf ihre Schultern und wollten sie wieder nach draußen dirigieren.

„Es geht schon, danke."

Ramón brummte eine Zustimmung und sah sich in der Hütte um. Die Wolfsfelle waren vornehmlich weiß, nur ein pechschwarzes war dabei. Ansonsten sah er mehrere Fuchspelze und einen

Bärenpelz, der bereits zur Weiterverarbeitung zerteilt worden war.

Dass es in Marzolls Wäldern Wilderer gab, war kein Geheimnis, nur war es schwierig, ihrer habhaft zu werden. Kam man ihnen auf die Schliche, zogen sie weiter, tiefer in die jene hinein, ohne wirkliche Spuren zu hinterlassen.

Bea beobachte Ramón dabei, wie er den Toten inspizierte, die Fliegen verscheuchte und einen Haufen wimmelnder, gelblich – weißer Maden von der Leiche wischte.

„Die Kehle wurde ihm durchgebissen", stellte er erstaunlich sachlich fest.

„Glaubt Ihr, es war ..."

Den Rest ihres Satzes bekam sie nicht heraus.

„Schon möglich. Seht Ihr das?" In der Hocke kroch er zu einem kleinen blattlosen Bäumchen und zeigte auf eine Spur aus drei Pfotenabdrücken und einer dünnen strichförmigen Schleifspur. Weiße Haarbüschel säumten die Stelle um das Bäumchen.

„Ein anderer Wolf muss hier gefangen gewesen sein. Es würde Richie ähnlich sehen, ihm selbstlos zu helfen."

„Er könnte also tatsächlich noch in der Nähe sein?"

Ramón nickte und folgte den kaum mehr erkennbaren Abdrücken, bis sie im Dickicht verschwanden.

„Lasst uns ein Stück weiter in diese Richtung gehen", schlug er vor, woraufhin Bea zögerte und zu dem Toten zurücksah.

„Oh, bitte! Ihr erwartet nicht, dass ich ihn begrabe? Was ihm geschehen ist, hat er sich selbst zuzuschreiben!" Tatsächlich beschlich Bea ein ungewohntes Gefühl von Genugtuung und sie wandte sich mit grimmigem Gesichtsausdruck von der grässlichen Szenerie ab. Sollte die Natur an diesem Ort ihr begonnenes Werk beenden! Schweigend folgte sie Ramón durch das Dickicht und vermisste alsbald jegliches Gefühl von Orientierung. Die Ruinen der Zitadelle waren längst zwischen den Bäumen verschwunden und auch die Wegplatten der vergessenen Straßen fand nicht mehr auf.

Abrupt blieb Ramón stehen und die Prinzessin lief ungewollt in ihn hinein. Er schwankte nicht, stand wie ein Bollwerk.

„Was ist?"

Er deutete in Richtung eines lichten Schimmers im Wald. „Dort ist etwas", antwortete er ihr nur und gemeinsam schlichen sie leise vorwärts. Je näher sie dem Punkt kamen, den Ramón erspähte, desto deutlicher glaubte Bea die Verbindung des Triforce zu spüren. Wenngleich sie sich anders anfühlte als sie sollte.

„Wartet", hielt Ramón sie zurück. „Wenn er es ist, könnt Ihr ihm helfen?"

„Ja, wenn ich dicht genug herankomme. Aber ich brauche ..."

„Ja?"

„Das Masterschwert."

Ramón stöhnte, machte kehrt und sie ließ sich von ihm zu ihrem Lagerplatz zurückführen. Es erstaunte sie, mit welcher Sicherheit er sich zu bewegen vermochte, als besäße er einen inneren Kompass.

Angekommen, ergriff Bea rasch das Schwert und betete zur Göttin, dass Richie noch nicht wieder verschwunden war, wenn sie zurückkehrten. So er es dann wirklich war.

Tatsächlich spürten beide erneut die Verbindung und als sie den Punkt erreichten, an welchem sie Richie am deutlichsten wahrnahmen, hielten sie inne.

Der graue Wolf hob seine blutige Schnauze aus dem ausgeweideten Kadaver eines Rehbocks und zog knurrend die Lefzen kraus.

„Und ist er es?", fragte der Gerudo und zog sein Schwert.

Bea erhob die rechte Hand und streckte sie dem Wolf entgegen. Deren Triforce-Fragment reagierte auf ihn, indem es aufglühte.

Als sie näher an Richie herantreten wollte, wandte der Wolf sich ihnen zu, bleckte die Zähne und machte unmissverständlich deutlich, dass er angreifen würde, kämen sie noch dichter heran.

„Ich werde es von hier aus versuchen müssen."
Dann ergriff sie das Masterschwert und streckte es ihm senkrecht entgegen. Gleißendes Licht entströmte der heiligen Klinge und silberne Funken hüllten Richie ein, hielten ihn fest, als er auf sie zuspringen wollte. Wütendes Geheul durchflutete den Wald, das selbst Ramón erschaudern ließ. Aus dem Körper des Wolfes löste sich ein

steinernes Gebilde, durchzogen von finsterer Kraft, doch kaum, dass es den Wolf verließ, stand Richie vor ihnen und sah sie unverwandt an. Er zitterte von der plötzlichen Kälte am ganzen, entblößten Leib, schlang seine Arme um sich und sah mit unruhigem Blick in die Ferne. Das Tierblut um seine bebenden Lippen gab ihm ein verstörendes Äußeres.

„Richie?", begann Bea, ohne dass er reagierte.

„Er erkennt uns nicht", stellte Ramón fest und machte einen Schritt auf Richie zu.

Dessen eben nicht fokussierter Blick heftete sich auf ihn, und das Knurren, welches aus der nun menschlichen Kehle drang, klang weit unheimlicher als jenes zuvor.

„Obwohl, da wäre ich mir nicht so sicher."

„Was sollen wir jetzt machen?", fragte Bea mit Verzweiflung in der Stimme. Richie nahm ihr die Entscheidung ab, indem er den am Boden liegenden Stein ergriff, der sofort wieder mit ihm verschmolz, ein großes Stück Fleisch aus dem Kadaver riss und auf vier Pfoten zurück in den Wald rannte.

„Er hat wirklich alles vergessen. Wie sich selbst", seufzte die Prinzessin und ließ sich gegen einen Baumstamm sinken.

„Seit wann gebt Ihr so schnell auf? Er kann nicht alles vergessen haben, er kann sich nur nicht mehr richtig erinnern."

„Ist das nicht dasselbe?", fragte Bea und schenkte Ramón einen verständnislosen Blick.

„Er hat den Stein wieder aufgehoben, wusste also irgendwo, was es damit auf sich hat."

Ihr Blick erhellte sich ein wenig.

„Und was schlagt Ihr vor?"

„Wir werden ihn einfangen müssen. Wenn er dem Fluch des Schattensteins für längere Zeit nicht mehr ausgesetzt ist, wird er sich wieder erinnern. Was denkt Ihr?"

Langsam nickte sie. Jasmin hatte sich ähnlich geäußert, aber in ihrer plötzlichen Verzweiflung hatte sie es völlig verdrängt.

Bea umrundete den Kadaver.

„Er hat das Fleisch mitgenommen. Da er selbst genug gefressen hat, bringt er es wohl jemandem mit. Es ist noch viel da, vermutlich wird er sogar nochmals hierher kommen."

„In Ordnung, Prinzessin. Ich werde mich umsehen und eine geeignete Stelle für eine Fallgrube suchen. Denkt Ihr, Ihr schafft es zum Lager, um unsere Sachen zu holen?"

Sie blickte den Weg zurück, den sie dreimal nahmen und der nun sichtbar ausgetreten war. „Ich schätze schon."

Telma streckte besorgt ihren Kopf aus einem Fenster ihrer Taverne. Langsam nahm das Leben in der Stadt seinen Gang wieder auf, obwohl es grundverschieden von jenem war, wie

vor dem Erscheinen der abscheulichen
Kreaturen.

Handel wurde schweigend betrieben.
Lautes Feilschen war untersagt.
Angesehen zu werden, duldeten die
Kreaturen nicht. Selbst ein flüchtiger
Blick konnte zu einem Angriff und zur
Vertreibung führen.
Und noch schlimmer, die Kreaturen
begannen, sich in rasender
Geschwindigkeit anzupassen. Ein paar
hatten das Fliegen erlernt und kreisten
außerhalb der Stadt. Auch jene, die
noch auf ihren schwärenden Füßen
liefen, waren nicht länger an die
Stadtgrenzen gebunden. Tag für Tag
wagten sie sich weiter vor die Tore und
schwärmten in die Steppe.

Ihr Blick glitt zum Schloss. Was war dort
nur geschehen?

Frühmorgens wurde Anna aus einem unruhigen Schlaf gerissen, als laut und ausdauernd an die Hintertür ihrer Taverne geklopft wurde. Sie rollte sich murrend von der Matratze, stolperte über ihre Schuhe, schnappte sich einen Morgenmantel und eilte die Treppen hinab. Ihre Hand lag bereits auf dem Türknauf, als sie sich entschied, vorsichtshalber durch den Türspion zu blicken. Zu ihrer Erleichterung war es Ashley in Begleitung zweier nervöser junger Gmainer, die sich hektisch nach allen Seiten umsahen. Einer trug ein schwer atmendes Geschöpf in den Armen. Ehe Ashley erneut heftig gegen die Tür drosch, öffnete sie rasch und ließ die kleine Gruppe ein.

„Was ist geschehen?", fragte sie und knotete schnell ihren Morgenmantel zu, huschte hinter die Theke des Schankraums und stellte Gläser und eine Karaffe mit Fruchtsaft zur Verfügung.

Die Gmainer redeten aufgeregt durcheinander, sodass die Wirtin nicht in der Lage war, auch nur ein Wort zu verstehen.

Ashley schließlich, gebot mit erhobener Hand resolut Ruhe und die beiden Gmainer schwiegen augenblicklich.

„Ich habe die beiden in der Nähe der Friedhofsmauer angetroffen. Sie erzählten, dass ein Wolf dieses Mädchen in ihrer Obhut ließ und es ihr halbwegs gut ging, solange die Barriere intakt war."

„Die Barriere ist verschwunden?"

Die Gmainer nickten im Gleichklang.

„Seit Mitternacht", sagten sie.

„Und seitdem geht es ihr schlechter."

„Und wie kann ich da helfen?", wollte Anna verwirrt wissen.

„Wir müssten in die Katakomben unter dem Schloss. Nicht alle Teile sind weg, sie genügen nur nicht, um dieses Mädchen zu schützen. Vielleicht reichte die Barriere bis in die Tiefen und es könnte sein, dass dort noch die Atmosphäre existiert, die die Kleine am Leben hielt."

Lange überlegte Anna nicht und überreichte Ashley den Schlüssel zum Keller, wo eine weitere Tür zu einem Fluchttunnel und in die verwinkelten, düsteren Eingeweide des Schlosses führte.

„Ich schließe mich euch später an, nachdem ich mir die Situation in der Stadt angesehen habe."

Ashley stimmte zu und führte die Gmainer in Richtung Keller.

Anna wartete noch eine halbe Stunde ab, ehe sie ihre Taverne verließ. Sie zog sich einen leichten Mantel über und die Kapuze tief ins Gesicht. Jeder, dem sie begegnete, schenkte ihr einen müden, schweigsamen Blick. In Angst vor den wandelnden Kreaturen hielt kaum einer inne. Wer auf dem Markt etwas benötigte, hastete zu den Ständen, kaufte still und lief weiter. Auch Anna hielt an einem Outlet mit Backwaren, nahm einen Schmalzkringel, zahlte, biss ein Stück ab und spuckte es wieder aus. Es schmeckte grässlich.

„Tut mir leid", flüsterte die verschreckte Verkäuferin.

„Ich darf keinen Honig mehr in den Teig machen. Wenn doch, kommen diese Viecher und zerstören meinen Stand und die Waren."

„Schon gut", meinte Anna tröstend und schüttelte in einiger Entfernung den Kopf. Was sollte dieser Blödsinn?

Viele der Händler auf ihrem Weg erzählten ihr Ähnliches. Fleisch durfte nicht mehr gesalzen werden, Gemüse nicht eingelegt, Blumen nicht gebunden und Verliebte durften nicht länger zu lauschigen Stunden auf den Glockenturm der Stadt. Sämtliche Feierlichkeiten waren abgesagt und durch „Nichts" ersetzt worden. Als wollte man den Bürgern mit Nachdruck jegliche Freude nehmen. Drei der schwarzen Kreaturen kamen ihr entgegen. Sie gingen aufrechter, wirkten nicht länger wie ungelenke Marionetten. Zäher Speichel rann aus den breiten Mündern, als sie stehen blieben und Anna inspizierten. Eine feuchte Wolke wurde der Wirtin ins Gesicht geatmet. Angespannt hielt sie inne, bis die Kreaturen zufrieden ihrer Wege zogen.

Langsam näherte sie sich dem Schloss und sah, dass die Barriere wirklich nahezu vollständig verschwunden war. Teile davon lagen als Splitter weit verstreut, nur wenige Bruchstücke standen noch. Die Wenigsten davon waren größer als sie selbst. Das große Eingangstor stand offen und Anna wagte einen Blick in die Haupthalle.

Scheinbar ziellos wanderten unzählige dieser Kreaturen umher, tummelten sich auf den Emporen und Balkonen, gaben murmelnde und glucksende Geräusche von sich, die fast nach einer Unterhaltung klangen.

Donnerndes Gebrüll ließ die Mauern erbeben und Anna zog sich hinter einen Pfeiler zurück.

„Sucht sie! Sucht sie!", folgte dem Gebrüll eine tiefe heißere Stimme, die wirkte, als müsste sie das Sprechen erst wieder erlernen. Auf den Befehl hin, schwärmten die fliegenden Kreaturen aus, schossen an ihr vorbei nach draußen, ohne sie zu bemerken. Schnell lief sie erneut vor die Tore und atmete erleichtert aus, dass sie einer Entdeckung entgangen war. Sie würde ihre ganze Truppe zusammenholen müssen, wenn sie mehr erfahren wollte.

Die Wölfin rührte das mitgebrachte Fleischstück nicht an und Richie stupste sie an, schob das Fleisch näher an ihre Schnauze, aber sie drehte ihren Kopf zur Seite. Bereits zwei Tage hatte sie nichts mehr fressen wollen und er wusste nicht, was er dagegen ausrichten sollte. Vor dem Bau spielten die Welpen mit den Jährlingen und einer forderte ihn immer wieder auf, mitzuspielen. Doch Richie legte sich neben die Wölfin, schmiegte sich an sie und schloss die Augen. Als die Welpen und Jungtiere sich irgendwann zu ihnen gesellten, wurde es still in der Höhle. Nur das Rauschen des nahen Baches und das leise wohlige Brummeln der jungen Wölfe war noch zu hören.

Tatsächlich war es zu ruhig. Wie die sprichwörtliche Ruhe vor dem Sturm.

In der folgenden Abenddämmerung sah Richie sich verwirrt in der Höhle um, nachdem ein Traum ihn weckte. In seinen letzten Visionen war er auf der Jagd gewesen oder hatte mit den Jungen gespielt. Aber nicht in diesem. Gesichter hatte er gesehen, Orte und Plätze, die vertraut wirkten. Menschen, die verängstigt waren und eine stumme Bitte, an ihn gerichtet. Ihm gefielen diese Bilder nicht, er wollte sie nicht sehen.

Vorsichtig schob er zwei der schlummernden Welpen von sich herunter, richtete sich auf und trat vor die Höhle. Dort streckte er sich genüsslich, trabte zum Bach und löschte seinen Durst. Er hob den Kopf und sah in den dunkler werdenden Himmel und zurück zu der Wölfin, die schwächer wurde. Sie gab keine Milch mehr für ihre Jungen, die das zwar nicht mehr unbedingt benötigten, aber besser wäre es.

Alleine machte er sich zurück auf den Weg zu dem erlegten Rehbock, an dem sich jedoch vermutlich bereits andere Tiere gütlich getan hatten, sodass er wohl besser erneut auf die Jagd gehen sollte.

Der Schein eines Lagerfeuers drang durch die Bäume und er konnte die beiden Menschen reden hören, die sich in seinem Revier aufhielten. Sie hatten die Ruinen verlassen und waren näher gekommen. Das mochte nichts Gutes bedeuten, aber sie waren auch wesentlich ruhiger und schienen kaum eine Gefahr für ihn und sein Rudel zu sein. Verborgen zwischen den Bäumen lauschte Richie den Menschen und ihrem beinahe vertrauensvoll geführten Gespräch.

Die Frau saß vor dem Lagerfeuer und warf immer wieder kleine

Holzstückchen hinein, die Funken sprühend verbrannten. Der hünenhafte Mann lag daneben, die Hände unter dem Kopf verschränkt und blickte in den Himmel.

„Was ist damals geschehen?", fragte die Frau.

„Warum wollte man Euch exekutieren?"

Als der Mann zunächst schwieg, fügte sie hinzu: „Ihr müsst nicht darüber sprechen, wenn Ihr nicht mögt."

„Nein, schon gut", seufzte er, ohne die Frau anzusehen.

„Vor zweihundert Jahren, der ersten Verbannung durch Eure Vorfahren entkommen, kehrte ich zu den Gerudo zurück, stieß die Herrscherin gewissermaßen vom Thron und übernahm erneut die Krone."

„Gewissermaßen?"

„Ich nahm sie zur Gemahlin."

Die Frau öffnete ihren Mund und zog die Augenbrauen hoch, ohne ein Wort zu sagen.

Der Hüne grinste.

„Es war nicht so, dass ich ihr eine Wahl ließ, falls Ihr gerade einen Gedanken an ein solch sinnloses Gefühl wie Liebe verloren haben solltet. Wenn die Gerudo vor einer Sache Respekt haben, dann Stärke. Nun, wir eroberten die Wüste zurück, vertrieben oder töteten alles an Linnings und Echsalfos was sich eingenistet hatte und dann fanden wir die Wüstenburg."

„Oh."

„So kann man das auch ausdrücken."

Er lachte hart und kalt.
„Ihr wisst, dass es mehr war als ein Gefängnis?"

„Ja, aber es wurde stillgelegt, nachdem man Euch durch den Spiegel schickte."

„Was danach damit geschah, ist egal. Was Eure Leute zuvor damit anstellten, ist die Tragödie. Ich verstehe ja, dass Verbrecher weggesperrt werden müssen, aber sie in der Arena gegeneinander antreten zu lassen, war nicht rechtens. Und was man den Verlierern antat."

Dass ausgerechnet der breitschultrige Mann das Wort „Recht" in den Mund nahm, irritierte die zart gebaute Frau, dennoch fragte sie:

„Dass man sie verbannte?"

„In eine Welt, in der nie die Sonne scheint, in der es keine Hoffnung gibt, in der das Recht des Stärkeren gilt. Nun, prinzipiell habe ich nichts gegen das Recht des Stärkeren, aber diese Gerudo und die wenigen Hylianer hatten keine Wahl."

„Ihr erwartet Mitleid?"

„Nein, Verständnis. Aber gut, sei es drum. Nachdem wir die Burg fanden und sämtliche Bitten um Gespräche von dem damaligen König ignoriert worden waren, war ich der Ansicht, dass wir nach Marzoll einmarschieren sollten. Ich hatte nicht vor, das ganze Land zu unterwerfen und wollte eigentlich nur

Freiheit für mein Volk. Aber dann, wie soll ich sagen, eskalierte es. All die Wut, die sich über die vielen Jahre aufgestaut hatte, brach sich Bahn. Den Rest kennt ihr. Und wie Ihr Euch gewiss denken könnt, freiwillig oder ohne Gegenwehr habe ich mich nicht auf den Richtblock schieben lassen."

„Ihr seid damals nicht gestorben ..."

„Nein, nicht richtig, und glaubt mir, dieses Zwischendasein, nicht lebendig und nicht tot, ist die wahre Hölle."

„Was geschah dann?"

Er wandte ihr den Kopf zu und lächelte beinahe freundlich.

„Ein anderes Mal. Wir sollten ein wenig schlafen."

Still hatte Richie ihnen gelauscht. Die Frau rollte sich unter einer Decke zusammen und bald hörte er ihre ruhigen Atemzüge. Der Mann schlief nicht wirklich fest, aber es sollte genügen, um sich anzuschleichen. Ein Geruch war ihm aufgefallen, der den Sachen des eigenartigen Gespanns entstammte. Ein Aroma, der vertraut war und der ihm sagte, dass er dort etwas finden würde, was der Wölfin half. Allerdings lag dort auch das leuchtende Schwert, das ihn in eine Form zwang, die er nicht als die seine anerkannte. Doch wenn er vorsichtig genug war …

Am Rande ihrer Wahrnehmung trat das Licht des Masterschwerts in Beas Träume, erwachen ließ sie jedoch eine zarte Berührung. Kaum merklich hob sie ihre Lider. Richie kniete neben ihr, ließ ihre Haarsträhnen durch seine Finger gleiten und schnupperte daran, ehe er auf allen Vieren zu ihrem Proviantbeutel kroch und darin herumwühlte. Aus dem Augenwinkel sah sie, wie Ramón vorsichtig und langsam die Hand nach dem Schattenstein ausstreckte, der in seiner Nähe zu Boden gefallen war. Dabei streifte er kurz die kalten Reste des Lagerfeuers und das entstehende Geräusch genügte, um Richie aufmerksam werden zu lassen. Er ließ den Beutel fallen, fuhr herum und war mit nur einem Satz wieder bei dem Schattenstein, packte ihn und rannte davon.

„Verdammt nochmal!", fluchte Ramón und sprang auf. Kurz darauf durchbrach Richie heulend die Abdeckung der Fallgrube.

„Jetzt habe ich dich!" Ohne zu zögern lief Ramón der Grube entgegen, während Bea erst einen Moment benötigte, um die Situation zu begreifen und sich zu sammeln.

Sie hastete anschließend ebenfalls zu der Fallgrube, in der Ramón bereits mit dem Wolf rang, warf sich auf die Knie und beugte sich hinab. Der Wolf biss wütend um sich und die Prinzessin hörte, wie die mächtigen Zähne Haut und Fleisch durchdrangen, über Knochen schabten. Ramón brüllte vor Schmerz, Blut schoss aus der tiefen Wunde an seinem rechten Arm.

Schwungvoll hieb er dem Wolf unter die Schnauze und trat ihm in den Magen.

„Ich kämpfe jederzeit gerne mit dir, Richie. Aber nicht auf diese Weise!" Er wich den schnappenden Kiefern aus, wand einen Arm um den kräftigen Hals des Wolfes und drückte zu, ignorierte die Tritte mit scharfen Krallen.

Richie wand sich und heulte mehrmals laut auf. Ein tiefes Geräusch, das wie ein Echo durch die Bäume hallte.

Bea keuchte, als kurz darauf drei Wölfe zwischen den Bäumen auftauchten, vom Mond in ein gleichsam schauriges und schönes Licht getaucht.

„Lasst ihn los!", rief sie zu Ramón hinab.

„Seid Ihr des Wahnsinns? Bringt lieber das Schwert her!"

Sie sah auf zu den drei Wölfen, die knurrend näher kamen.

„Bitte, lasst ihn los!"

Widerwillig und mit einem wütenden Grunzen tat er es und Richie sprang auf ihn und von dort aus der Grube hinaus. Er schloss sich den anderen Wölfen an und sie kehrten in die tiefen Wälder zurück. Fluchend kroch Ramón mit zerfetzter Kleidung und vielen blutenden Wunden aus der Grube, hieb mit beiden Fäusten auf die aufgewühlte Erde. „Warum!? Wir hätten ihn fast gehabt!"

„Oder die uns."

„Was?"

Sie deutete auf die Stelle, an der eben noch die anderen Wölfe standen und die Erde von ihren Pfoten ausgetreten war.

„Oh."

„Ja, so kann man das auch ausdrücken", imitierte Bea seine vorangegangene

Antwort mit einem müden Grinsen. Sie setzte sich neben die Grube.

„Er war im Lager und hat etwas gesucht", sagte sie schließlich.

„Aber was?"

Ramón ließ sich neben sie fallen und reinigte seine Wunden mit einem Taschentuch, Bea band ihm einen ihrer seidenen Strümpfe um die größte Verletzung.

„Hm, Ihr hattet doch vermutet, dass er das Fleisch jemandem mitbringt. Womöglich war es nicht nur für die Jungtiere oder mögliche Welpen. In dem Beutel sind doch diese kleinen Kräuterküchlein. Richie muss sie gerochen und sie für Heilkräuter gehalten haben. Dieser Wolf, der bei dem Wilderer gefangen war, ist vermutlich ernsthaft verletzt."

„Das würde bedeuten, er kann durchaus noch in menschlichen Bahnen denken." Schnell war sie auf den Beinen, lief ins Lager zurück und packte ihre Sachen zusammen.

„Was habt Ihr vor?", fragte Ramón verwundert.

„Wir gehen hin, ihr Bau scheint ganz in der Nähe zu sein. Nun, besser gesagt, wir gehen, nachdem wir uns um Eure Verletzungen gekümmert haben."

„Ach, das ist nicht so schlimm wie es aussieht."

Bea stemmte ihre Fäuste in die Hüften.

„Es ist schlimm genug, und jetzt lasst mich Euch helfen!"

Auch, um Ramón die Hilfe angedeihen zu lassen, die er benötigte, sammelte Bea alles an Heilkräutern in der näheren Umgebung, was sie jetzt und später gebrauchen würde können. Schweigend, aber mit einem sehr missmutigen Gesichtsausdruck ließ Ramón die Behandlung über sich ergehen. Bei dem Wolf würde es wohl weniger einfach werden.

Ramóns Kleidung besserte die Prinzessin aus, so gut es eben mit den beschränkten Möglichkeiten ging. Trotz ihrer Bemühungen, gab er anschließend einen interessanten Anblick ab. Arme und Beine verbunden mit Stoffstreifen, von der Hose war kaum mehr etwas übrig und sein Oberhemd war deutlich kürzer. Zum ersten Mal fiel Bea dadurch auf, wie gestählt sein Körper war. Er bestand praktisch nur aus Muskeln. Selbst ohne seine magischen Fähigkeiten musste er ein furchterregender Krieger sein. Nun, immerhin hatte er mit bloßen Händen mit einem riesigen Wolf gerungen, und mit hoher Wahrscheinlichkeit gewonnen, hätte Richie nicht um Hilfe gerufen.

Es erwies sich diesmal als einfach, den Spuren zu folgen und schnell erreichten sie den Bau. Bea unterdrückte ein Keuchen. Nie hätte sie erwartet, in diesen Wäldern einen solch schönen Platz zu finden. Der Bau selbst befand sich in einer geräumigen, natürlichen Felshöhle. Eine Quelle, die demselben Felsmassiv entsprang, speiste einen glasklaren Bach. Bäume und blühende Büsche umsäumten das gesamte Areal wie ein lebendiger Schutzwall. Auf der

Wiese vor der Höhle spielte Richie mit den Welpen. Sie jagten einander, zogen ihn an den Ohren und purzelten gemeinsam durch das Gras. An Richies Ohrenbewegungen erahnte Bea, dass er sie, obwohl gut zwischen Bäumen und Büschen verborgen, bereits bemerkt haben musste. Er hielt sie wohl nur schlichtweg nicht für eine echte Bedrohung. Nur wenn sie sich ihnen noch mehr näherten, würde er zum Angriff übergehen.

„Ich halte das für recht gefährlich", flüsterte Ramón und richtete sich seinen Schwertgurt, der nicht mehr korrekt sitzen wollte.

„Ich auch. Aber wir müssen ihm irgendwie verständlich machen, dass wir ihm helfen wollen."

„Wir sollten auf die Nacht warten. Mit Beginn der Dämmerung werden er und die Jungwölfe auf die Jagd gehen."

„Einverstanden."
Wie erwartet, rief Richie die Wölfe zu sich, als die Sonne am Horizont zu versinken begann. Drohend knurrte er noch in ihre Richtung, ehe die vier Bestien im Wald verschwanden. Gespannt warteten Ramón und Bea ab, und als sie sicher waren, dass Richie sich weit genug entfernt hatte, schlichen sie der Höhle entgegen.

Die verletzte Wölfin hob schwerfällig ihren Kopf und ließ ihn sogleich wieder sinken.

„Große Göttin!", rief Bea lauter als beabsichtigt. Die von dem Fangdraht verursachte Wunde bestand nur noch aus schwärzlichem Eiter, der sich unter dem verletzten Bein zu einer übelriechenden Pfütze sammelte. Vorsichtig streckte Bea eine Hand aus, berührte erst den Bauch und dann die Nase der Wölfin. Beides war heiß vom Fieber.

„Holt mir etwas Wasser", bat sie Ramón. Bis er zurückkehrte, zerkaute sie von der mitgebrachten wilden Minze und dem Thymian soviel sie in ihren Mund bekam und steckte den entstandenen groben Brei in die Schnauze der Wölfin. Diese schluckte es, nachdem Bea ihr dieselbe zuhielt.

Mit dem frischen Wasser wusch sie die Wunde aus und mit einem weiteren Stück aus Ramóns Kleidung, sowie mit mit ihren Händen zerriebenen Arnika - und Kamillenblüten legte sie einen Verband um das Bein. Zufrieden wollte sie sich erheben, als ein tiefes Knurren die Höhle erfüllte.

„Jetzt haben wir ein Problem", sagte Bea und erhob sich langsam.

Ramón schob sie tiefer in die Höhle.

„Ja, aber anders als Ihr vielleicht denkt, Prinzessin. Es ist nämlich nicht Richie."

Sie spähte an ihm vorbei. Er hatte recht. Im Höhleneingang stand nicht wie erwartet Richie, sondern eine vorgebeugte, schlanke Kreatur mit schwarzer Haut, ledrigen Schwingen und viel zu langen Gliedmaßen.

„Ist das eines dieser Dinger, die uns in der Stadt verfolgt haben?"

„Sieht so aus. Tja, sie können die Stadt wohl doch verlassen."

„Was will es?", fragte Bea, als sie von Ramón gegen die hinterste Wand der Höhle gedrückt wurde und das Wesen knurrend und fauchend näher kam.

Beiläufig bemerkten beide, dass es nicht den widerwärtigen Geruch seiner Artverwandten trug.

„Uns, würde ich sagen."

Ramón zog sein Schwert und wehrte den ruckartig ausgeführten Hieb der Kreatur ab, die mit ihren langen Armen und den gebogenen Klauen eine bemerkenswerte Reichweite besaß. Der Schlag war hart gewesen und durch dessen bereits verwundeten Körper schoss eine Welle glühenden Schmerzes, der ihn beinahe aufbrüllen ließ. Ramón wehrte einen weiteren Hieb mit der eigenen Klinge ab, schlug zu und die scharfe Schneide schabte ein ganzes

Hautstück aus der Front der Kreatur, ohne dass es eine nennenswerte Wirkung gehabt hätte. Es gelang ihm, das Wesen ein wenig aus der Höhle zu treiben, doch er erschöpfte zusehends. Bea zog ihren Dolch und stellte sich schützend vor die Wölfin, stach mehrmals in die Klauenhand, die immer wieder an dem Gerudo vorbei nach ihr schlug. Das Biest brüllte auf und ein zischender Schlag riss ihr den Dolch aus der Hand, brach ihr dabei beinahe das Gelenk. Obwohl bereits von Wunden übersät, schwächten die Angriffe der Kreatur nicht ab, eher wirkte es, als würden sie zunehmend stärker. Für einen kurzen Moment glaubte Bea, das Ganze wäre wie eine Übung, als teste diese Monstrosität lediglich aus, wie sie gegen sie vorgehen musste. Aber es kam ihr allzu absurd vor, sodass sie den Gedanken rasch wieder fallen ließ.

Ein weiterer schneller und überaus heftiger Schlag beförderte Ramón gegen die zerklüftete Decke. Die bloße Wucht ließ kleine Gesteinsbrocken herabregnen und der Gerudo schlug bewusstlos auf dem Boden auf. Bea bekam keinen Laut heraus, gelähmt vor Furcht starrte sie auf das triefende Gebiss und die rotglühenden Augen, die immer näher kamen. Das Biest sprang auf sie zu, die Klauen vorgestreckt, und Bea hob in einem Reflex ihre Arme vor ihr Gesicht.

Das Licht des Triforce ließ sie für den Bruchteil einer Sekunde erblinden, in der sie das Wesen schmerzhaft hoch kreischen hörte. Als sie wieder etwas sehen konnte, war die Höhle noch immer vom goldenen, heiligen Licht erfüllt. Ihres, Ramóns und Richies.

Der Wolf hatte sich in das verbissen, was die Kehle dieses unheimlichen Dinges sein musste, riss einen großen Fetzen faulig wirkenden Fleisches heraus und setzte erneut zum Sprung an. Dem wesentlich wendigeren Wolf gelang es, den ruckartigen Attacken auszuweichen und Richies Folgeangriff riss der Kreatur einen Arm ab.

Bea kniete sich zu Ramón und rüttelte ihn an den Schultern, bis er murrend wieder zu sich kam.

„Das Vieh muss aus der Höhle heraus!", schrie sie, als erneut Gestein aus Wänden und Decke geschlagen wurden, welche auf die verletzte Wölfin niederprasselten.

Als Ramón stand, trieb er Richie das Wesen entgegen, der es wuchtig nach draußen rammte. Auch Bea setzte ihm sofort nach, wich den wirbelnden Klauen aus, bis sie plötzlich knietief im Bach stand. Das Wesen gab ein keckerndes Geräusch von sich, stürmte auf sie zu, riss dabei Richie und Ramón erneut zu Boden und stieß sie in den Bach. Dem lachenden Keckern folgte ein magischer Blizzard, den das Wesen ausspie und über Bea schloss sich eine Eisdecke. Zeitgleich kamen der Gerudo und Richie wieder auf die Beine und griffen geschlossen an. Die Kreatur, noch in seinem Triumph gefangen, konnte nicht rasch genug reagieren. Er verbiss sich in einem der Beine und zerrte es zu Boden, Ramón hob erneut sein Schwert und stieß es mit Wucht durch den schwarzen Körper, sodass es auf der anderen Seite hervordrang und in dem sandigen Uferbereich des Baches stecken blieb. Mit ebensolcher Kraft riss er seine Waffe zur Seite und aus dem

Biest heraus, spaltete es beinahe in zwei Hälften.

Röchelnd und gurgelnd erhob es sich wieder und erstarrte. Das noch am Körper haftende Stück des Oberkörpers bog sich zur Seite und klatschte schmatzend auf den feuchten Grund. Zischend lösten sich alle Teile auf, zerflossen in ihre Partikel und verschwanden schlussendlich, als wäre dieses Monster nie da gewesen.

Sofort hetzte Ramón zu der eingeschlossenen Prinzessin, die nach Luft ringend gegen den Eispanzer schlug, ehe sie ohnmächtig wurde. Zunächst versuchte er, das Eis mit dem Schwert zu zerstoßen, doch er haute sich nur die Klinge schartig.

Richie beobachtete ihn dabei und wirkte seltsam nachdenklich. Als der Gerudo schließlich mit beiden Fäusten gegen das Eis hämmerte, bis ihm die Knöchel bluteten, trat er zu ihm und hob die Pfote. Obwohl er die Geste nicht wirklich verstand, ergriff sie Ramón und ein belebender Hauch an magischer Energie drang ein. Es war nicht viel, kaum mehr als er für Lucky opferte, doch dafür war es Lichtmagie und dieses Wenige sollte genügen. Er konzentrierte sich, leerte für mehrere Atemzüge seinen Geist und beschwor, was er benötigte. Ein Feuerball erschien in dessen Händen und er schleuderte ihn gegen die Eisschicht. Zischend schwand Beas eisiges Gefängnis und Ramón zog die Prinzessin aus dem Wasser. Trotz ihrer Ohnmacht zitterte sie vor Kälte, ihre Lippen färbten sich bläulich. Über und über war sie mit Eiskristallen bedeckt, ihr Kleid und ihr Haar gefroren. Er hob den schlaffen Körper der

Prinzessin in seine Arme und wandte sich kurzerhand an Richie.

„Bei unseren Sachen ist eine Decke. Kannst du mir die bringen?"

Scheinbar fragend neigte Richie den Kopf, doch trabte davon und kam alsbald mit der Decke wieder.

Das Erste, was Bea neben der tiefen Kälte spürte, war, dass Ramón ihr die Kleidung vom Leib riss. Schlimmer noch, er selbst war ebenfalls bis auf seine Unterhose nackt. Sie verstand die Situation nicht und wehrte sich mit kraftlosen Schlägen und undeutlichen, erstickten Schreien gegen den groben Griff.

„Haltet doch still!", fauchte Ramón und zog sie hart an sich, wickelte eine Decke um sie beide und drückte sie zu Boden.

Sie trat und kratzte, bis er seine gewaltigen Beine um sie schlang und ihr praktisch jede Bewegungsmöglichkeit nahm. Tränen stiegen ihr in die Augen, bis Ramóns Körperwärme auf sie überging und sie langsam wieder klarer denken konnte.

„Besser?", fragte er müde.

„Ja, ich denke schon", antwortete sie mit zitternden Lippen.

„Gut. Wärmt Euch auf. Nachher werde ich ein Feuer machen, dann wird es Euch bald wohler ergehen."

Im Höhleneingang sitzend, betrachtete Richie die beiden Menschen in seiner Höhle. Die Frau schlief unruhig, murrte im Schlaf mit angespanntem Gesicht. Der Mann sah ihn an und es wirkte interessiert und neugierig. Nachdem der

Tumult sich gelegt hatte und die Gefahr gebannt war, waren auch die Welpen aus der hintersten Nische, einer kaum erkennbaren Felsspalte, gekrochen und ruhten nun träumend neben den Menschen. Wie selbstverständlich. Ganz so, als wären sie alle eine große Familie. Richie trabte zu der Wölfin, begrüßte sie, schnupperte an ihr und sah fragend zu Ramón.

„Bea", begann er zögerlich, „Bea hat ihr geholfen. Lass die Prinzessin weiterhin für sie sorgen, im Gegenzug könntest du uns helfen."

Richie zeigte null Reaktion, verließ nur die Höhle und trabte in den Wald. Doch bevor er zwischen den Bäumen verschwand, gab er noch ein tiefes Geräusch von sich, das kein Knurren war, eher ein kehliges Grummeln. Danach kamen auch die drei Jungwölfe aus ihrem Versteck und zerrten einen frisch erlegten Rehbock mit sich. Sie fraßen in aller Ruhe und es schien sie nicht weiter zu kümmern, dass sie nicht unter sich waren. Wie mochte die Kommunikation nur funktionieren, fragte der Gerudo sich stumm. Normalerweise greifen die Jungtiere einfach die Fremden an, aber sie taten es nicht und ignorierten sie stattdessen. Darüber würde er nur allzu gern mit Richie reden!

„Wir sollten ihn einfangen, sobald er schläft", sagte Ramón letztlich zu sich selbst, obschon er wusste, dass das keine gute Option war.

Die Jährlinge jagten nicht ohne Anleitung und die Wölfin war längst nicht in der Lage, wieder selbst für sich und die Jungen zu sorgen.

Richie folgte der Spur von Ramón und Bea zurück zum Ursprung, zu jener Stelle, an der er die Decke holte. Ginge er nun auch nur noch zehn Schritte weiter, käme er in den Bereich des glühenden Schwertes. Über seine Schulter blickte er zurück. Ein unruhiges Aufflackern zwischen den Bäumen, sagte ihm, dass Ramón ein Feuer entzündet hatte.

Vor ihm schnaubte das Pferd und scharrte mit den Vorderhufen. Es war an einem Baum angebunden, mit Futter und Wasser versorgt. Sein Rudel war das einzige in diesem Revier, also sollte das Tier wohl sicher sein. Richie setzte sich und legte seine Ohren nach hinten. Selbst auf diese Entfernung konnte er Bea und Ramón reden hören. Und er hörte ihnen zu, ohne das Schwert aus den Augen zu lassen.

Bea fühlte sich verwirrt. Ramón hatte ihr geholfen, und das nicht zum ersten Mal. War es Selbstlosigkeit oder doch nur Berechnung? Er saß mit dem Rücken zu ihr vor dem Feuer und grillte ein Stück Fleisch.

„Wollt Ihr mich etwas fragen?", sagte er ohne sich umzusehen.

Verlegen streichelte sie einen der Wolfswelpen, der herzhaft gähnte und sie aus fröhlichen Knopfaugen betrachtete.

„Wieso helft Ihr mir? Ihr hättet mich auch erfrieren lassen können."

„Weil wir Verbündete sind. Im Moment jedenfalls."

Sie zog die Augenbrauen zusammen.

„Also ist es nichts weiter als Berechnung. Ihr erhofft Euch etwas davon."

„Ja, natürlich. Habt Ihr Euch denn nicht auch etwas erhofft, als Ihr mich im Schloss um Hilfe batet?"

„Aber das ist doch... Ich meine, Ihr seid..."

„Etwas anderes? Böse? Wirklich?"

Nachdenklich senkte sie den Blick. Da hatte er nicht Unrecht. Jetzt benötigte sie seine Stärke und seine Erfahrung, doch was würde geschehen, wenn sie diese Fährnisse überwunden hatten? Wären sie anschließend augenblicklich wieder Gegner in einem Spiel, das die Götter ersannen?

„Prinzessin", begann er unvermittelt, „ich möchte Euch eine Geschichte erzählen."

„In Ordnung", antwortete sie langsam und zog die weiche Decke fester um ihre Schultern.

Er rutschte ein wenig um die Feuerstelle herum, sodass er sie ansehen konnte.

„Wie Ihr sicher wisst, glaubten die Gerudo nicht immer wie die Hylianer an die Göttin Hylia. Sie besaßen einen eigenen Kult und eine Schöpfungsgöttin. Sie trug keinen Namen, sondern wurde allgemein nur „Göttin des Sandes" genannt. Sie gebar die Gerudo aus ihren Tränen, die sie wegen ihrer Einsamkeit in der Wüste vergoss. Glücklich beobachtete sie ihre kleinen Geschöpfe, wie sie auszogen und die Oasen ihres Körpers belebten. Die Gerudo waren nicht unglücklich dabei, kannten weder Furcht, Sorgen noch Neid. Auch weil sie es nicht besser wussten. Ohne Kummer lebten sie in den Tag hinein, wie stumpfsinnige, unwissende Tiere. Doch die Göttin hatte eine Schwester, der das überhaupt nicht gefiel. Die Gerudo kamen nicht voran, blieben, was sie waren, würden immer nur die kleinen Ameisen derer bleiben. Sie stieg von den Sternen hinab und brachte den Gerudo das Feuer, auf dass es ihre dunklen, eisigen Nächte erhellte und sie wärmte. Sie lehrte sie, wie man der Wüste Land abtrotzte, Früchte anbaute und Brunnen grub. Als sie die Gerudo wieder verließ, hatten sie viel gelernt. Sie wussten, wie man Tiere fing und aus den Fellen Kleidung herstellte und wie man Schmuck anfertigte, sie begannen, mit anderen Völkern zu handeln. Auf diese Weise lernten sie auch viele Dinge kennen. Neid, Lust, Gier, Krieg, aber auch Freundschaft und Liebe. Doch die Gerudo verloren auf ewig ihre Unschuld. Die Schwester der Göttin wurde bestraft und niemand von den Gerudo wagt es bis heute, sie zu benennen. Doch sagt mir, Prinzessin, war das, was die Schwester tat, gut oder böse?"

„Philosophie, Ramón?"

Er hob lächelnd eine Schulter. „Antwortet."

„Nun, ohne die Schwester wären sie nie in Konflikte verwickelt worden, hätten womöglich nie den Tod kennengelernt. Aber auch die schönen Erfahrungen nicht. Es war also weder gut noch böse, sondern kommt auf den Standpunkt an. Wer Leid durch sie erfuhr, wird sie verfluchen, wem Gutes geschah, wird sie ehren."

„Versteht Ihr, was ich sagen will? Es gibt nicht das eine Gute und das eine absolut Böse. Es gibt kein reines Schwarz und Weiß. Glaubt mir also, dass ich durchaus hehre Absichten hege."

Bea schürzte die Lippen. Da war eindeutig mehr, was er hatte sagen wollen, für den Moment jedoch, war sie einfach nur durcheinander und es war mühselig, darüber nachzudenken. Sie sank wieder zurück auf den Boden und warf einen kurzen Blick auf die Wölfin, die nur eine Armlänge von ihr entfernt lag und eindeutig weniger fiebrig wirkte.

Spät in der Nacht und umgeben von der herrlich friedlichen Dunkelheit, setzte Ramón sich ans Ufer des Baches und beobachtete die kleinen silbrigen Fische, die sich gegen die Strömung abmühten. Ja, jedes Wesen kämpfte auf seine Weise darum, vorwärts zu kommen. Als

271

sich Schritte näherten, wandte er den Kopf und ihm klappte der Mund auf, ohne dass er ein Wort herausbekam. Richie führte das Pferd am Zügel, hatte den Proviantbeutel um die Hüfte geschnallt und trug das Masterschwert in der anderen Hand. Den Schattenstein hatte er in eine dicke Schicht Leder gewickelt und sich um den Hals gebunden. Richie band das Pferd an einem Baum in Bachnähe fest und setzte sich neben Ramón.

„Du verstehst wieder, was ich sage, nicht wahr?"

Richie nickte.

„Wirst du uns helfen?"

Wieder ein Nicken.

Nachdem sie sich eine Weile angeschwiegen hatten, zog Richie das Schwert heran und streckte Ramón das Heft entgegen.

„Ich kann es nicht berühren, nur du kannst es nutzen. Für andere wiegt es schwer, nur in deinen Händen wird es leicht wie eine Feder", sagte Ramón, doch Richie packte seine Hand und drückte ihm das Heft mit grimmigem Ausdruck hinein. Es geschah nichts. Gewiss war das Schwert schwer und für ihn unmöglich zu führen, aber es stieß ihn nicht weg, verbrannte ihn nicht mit seinem heiligen Licht. Erschrocken ließ Ramón es fallen und Richie nahm es wieder an sich.

„Hast du gehört, was ich mit Bea gesprochen habe?"

„Ja." Ramón setzte an, etwas zu sagen, als ein Lichtstrahl quer über den Nachthimmel schoss, ihn durchschnitt und gleißend erhellte. Als er wieder sehen konnte, sprang er auf. „Wo kam das her?"

Kurzerhand erklomm Ramón den nächst besten Baum und wollte seinen Augen kaum trauen. Die Quelle des Lichts lag in der Gerudo-Wüste und war noch immer sichtbar. Es funkelte und blitzte wie ein Stern am Nachthimmel. Das Helle musste vom Schattenspiegel stammen, eine andere Möglichkeit gab es nicht. Der Spiegel war noch intakt!

„Ich fürchte, wir haben nicht mehr viel Zeit", sagte er zu Richie, als er den Baum wieder hinab stieg.
In den Katakomben des Schlosses bemerkte auch Lucky, was in der Wüste geschehen war, doch ihr Körper war zu

geschwächt, als dass sie sich hätte bemerkbar machen können. Schwere Schritte näherten sich durch die Tunnel und Anna sprang auf, zog einen Dolch und steckte ihn begleitet von einem erleichterten Seufzer wieder zurück, als sie den Mann erkannte, der zu ihnen kam.

Raffler wirkte aufgeregt und nahm sich kaum die Zeit, Atem zu schöpfen. „Auf meinem Wachposten habe ich gesehen, wie in der alten Wüstenruine ein Licht erstrahlte. Der Schattenspiegel muss aktiviert wurden sein!", erklärte er rasch. Keuchend richtete Lucky sich auf.

„Dorthin", kam es ihr mühevoll von den trockenen Lippen.

Sofort hatte sie Annas Aufmerksamkeit. „Du willst dorthin?"

Kraftlos nickte sie. „Heilung." Von einem entsetzlichen Husten geschüttelt, verlor die Schattenprinzessin wieder ihr Bewusstsein. Anna und Raffler genügten die wenigen Informationen. Sie packten ihre Sachen zusammen, wickelten Lucky in eine Decke und besorgten sich zwei schnelle Pferde. Jetzt konnten sie nur noch hoffen und beten, dass das kleine Wesen die Reise überstand.

Sie mussten noch einige Tage abwarten, bis die Wölfin sich soweit erholt hatte, dass sie sich wieder um ihre Jungen kümmern konnte. Richie brachte von seiner letzten Jagd einen jungen Hirsch mit, der für einige Zeit als Nahrung ausreichen würde, und verabschiedete sich anschließend von seinem Rudel. Ein Anblick, der Bea beinahe das Herz brach.

Erst, als sie die Höhle weit hinter sich gelassen hatten, vertraute er sich wieder der Magie des Masterschwerts an und band sich den Stein erneut um den Hals. Er sagte nichts und wenn doch, so blieb er einsilbig.

Mehrmals sah er zurück und dachte darüber nach, wie einfach es war, unter den Wölfen zu leben. Sie jammerten und klagten nicht, trugen nur die Sorge nach der nächsten Mahlzeit in sich. Es gab keinen Streit unter ihnen. Sie töteten nicht, um in der Gunst irgendwelcher toten Götter aufzusteigen, beugten nie die Knie, um für zweifelhafte Vergehen Vergebung zu erlangen. Sie scherten sich nicht darum, was andere über sie dachten, trugen keinerlei Wahn in sich. Sie waren frei in ihrem Tun und unschuldig in ihren Seelen. Sie genossen absolute Freiheit.

Sein Blick richtete sich auf Ramón. Ihm kam wieder in den Sinn, wie er einst mit Moe sprach. Worum es ging, wusste er nicht mehr, aber er erinnerte sich an seine Worte: Ohne das Böse, würden wir das Gute nicht erkennen und ohne die Dunkelheit, erblindeten wir im steten Licht.

„Hm", machte er leise und legte eine Hand fest um das Heft des Masterschwerts.

Zu Beas Verdruss lehnte Ramón lässig und gleichsam elegant an einem Baum und beobachtete sie.

„Ich hoffe, Ihr amüsiert Euch gut, mein Lord", presste sie zerknirscht zwischen den Zähnen hervor. Zwar gab er ihr keine Antwort, doch er lächelte auf eine ungewöhnlich angenehme Weise. Nicht jenes sinistre Lächeln, bei dem er seine viel zu weißen Zähne entblößte, sondern gänzlich sanft, feinsinnig, beinahe zärtlich. Sie schüttelte sich unter einem nicht unangenehmen Schauder, als sie erkannte, dass er sich nicht nur amüsierte, sondern die Situation aus tiefster Seele genoss.

Sie legte die Hose auf den Boden, strich sich ihre Haare nach hinten und ging tiefer in den Wald zurück. „Ich hole noch ein paar Wurzeln und Kräuter. Derweil könnt Ihr ja versuchen, ihn dazu zu bringen, sich vernünftig zu bekleiden." Als sie bereits einen ordentlichen Strauß an Kräutern in den Armen trug und essbare Knollen in ein Stoffstück, welches einst zu ihrem durch den Frost verschlissenen Kleid gehörte, gepackt hatte, vernahm sie einen deutlichen Schrei, den sie Richie zuordnen konnte. Sie machte auf dem Absatz kehrt und lief zu ihrem Lagerplatz zurück. Waffenklirren drang durch die Bäume und als sie den Bereich betrat, ließ sie ihre Mitbringsel achtlos fallen.

All das Gute, was sie Ramón inzwischen zugestand, zerbröckelte im Bruchteil eines Augenblicks, denn er und Richie kämpften miteinander.

„Ich wusste es!", brüllte sie gegen den Kampfeslärm. „Und ich habe doch tatsächlich geglaubt, Ihr hättet Euch geändert!"

Ramón beachtete sie nicht, Richie jedoch blickte zu ihr. Eine Unaufmerksamkeit, welche erster sofort ausnutzte. Er schlug ihm das Masterschwert aus den Händen, hieb ihm den Knauf seines Schwertes in den Magen und den Ellbogen unters Kinn. Richie strauchelte und fiel rücklings krachend zu Boden. Triumphal lachte

Ramón, beugte sich dann allerdings zu ihm hinab, reichte ihm die Hand und zog ihn zurück auf die Füße. Anschließend klaubte er die Hose des Heldengewands auf und streckte sie Richie demonstrativ entgegen. Der nahm sie augenrollend und schlüpfte hinein.

„Was?", stammelte Bea fassungslos.
„Oh, Prinzessin! Schon zurück?" Wieder lächelte er auf jene neue und feine Art. „So, jetzt hat er seine Beinkleider am Leib. Zufrieden?"

„Aber wie …?"

„Eine kleine Wette. Er versprach, etwas anzuziehen, sollte ich ihn schlagen."

„Oh, ich verstehe. ...Ist jemand verletzt?"

Ramón winkte ab, deutete flüchtig auf einige blaue Flecken und Schrammen. Nichts Bedrohliches.

„Richie?"

„Es geht mir gut."

Nachdem Richie seiner Wege ging, wie er es oft tat, um die Ruhe des Waldes zu genießen, wandte Bea sich zu Ramón und meinte:

„Das war allerdings kein gerechter Sieg. Ihr habt seine Unachtsamkeit ausgenutzt."

Er seufzte. „Prinzessin, jeder würde das machen. Jeder Angreifer würde eine Schwäche ausnutzen, wenn er kann. Auch Richie würde so handeln, glaubt mir. Die Welt ist selten gerecht, weder im täglichen Leben, noch in den Schlachten, die wir zu schlagen haben."

„Ich weiß, das bedeutet aber nicht, dass ich mich damit abfinden muss."

„Eure Entscheidung, meine Liebe."

Er sah ihr nach, hob seine Richiee Hand und betrachtete das Triforce. Natürlich hatte er Beas Worte vernommen. Hatte er sich wirklich verändert? Oder sah sie nur mehr in ihm als in Wahrheit vorhanden war?

Sie würde ihre Meinung gewiss rasch ändern, wüsste sie, warum er solches Vergnügen empfand, Richie zu beobachten. Es lag nicht nur an der unfreiwillig amüsanten Situation, es gab auch einen Teil in ihm, der ihm gefiel und einen Teil, der sich fragte, wie es wäre, stünde der Held auf seiner Seite.

Dieser Gedanke war nicht einfach eine interessante Idee, die er auf jeden von Richies Vorfahren anwenden konnte, sondern betraf ausschließlich ihn. In ihm hatte die Finsternis ein kleines, feines Netz gewoben. Irgendwo in dessen Vergangenheit gab es einen in Dunkelheit gehüllten Punkt. Eine Schuld, die er in sich trug. Etwas, was sich durch noch so viel Heldenmut nicht mehr ändern ließ.

Rasch streifte er den Gedanken wieder ab, ehe er sich darin verfing und das momentan Wesentliche vergaß. Genüsslich streckte er sich, wobei er Richie bemerkte, der urplötzlich kerzengerade stehenblieb und die Nase in den Wind hob.

Alarmiert legte Ramón die Hand an das Heft seines Schwertes und wusste beinahe im selben Augenblick, dass es ihm nicht nützen würde. Er packte Richie und zerrte ihn mit sich zurück zum Lager.

„Rasch, alles zusammenpacken!"

„Wieso?", fragte Bea verwirrt, doch ein Blick in die Richtung, in welche Richie noch immer starrte, ließ sie sofort ihre wenigen Utensilien einsammeln und auf dem Pferd verladen. Die Baumwipfel bewegten sich in unheilvoller Art und Weise, ehe sie tosend stürzten, andere Bäume mit sich rissen und alles was darunter lag in einem Meer aus Geäst und Grün begruben.

Riesenhafte Klauen und Füße schienen sich durch den Wald zu arbeiten, rücksichtslos und fordernd.

Ramón hob Bea auf das Pferd und ließ sich von Richie das Masterschwert geben. Jener blieb noch eine Weile zurück, bis die beiden mit dem Schwert, dessen Wirkungsbereich verlassen hatten. Erst dann zog er die Lederstreifen vom Schattenstein und folgte ihnen.

Ramón trieb das Pferd an, Bea klammerte sich an ihm fest und warf hektische Blicke nach hinten.

„Was ist das?", rief sie gegen das laute Trommeln der Pferdehufe an und sah, wie Ramóns Kiefermuskulatur sich verspannte.
„Verdammt, was ist das für ein Ding? Was wird uns erwarten, wenn wir das Schloss betreten? Das da?"

„Nein, nicht genau das."

Mit einer Faust hämmerte sie gegen seinen Rücken, doch egal, was sie tat, er gab ihr keine weitere Antwort. Er wusste, oder vielmehr ahnte, auf wen oder was sie treffen würden, und schlimmer noch, es schien ihn zu verunsichern.

Längsseits, in sicherer Entfernung, wurden sie von Richie überholt, der durch die Bäume hetzte und einen Bogen schlug.

Noch während Bea sich fragte, wohin er wollte, hörte sie ein hohes Kreischen und bald darauf war Richie wieder in ihrer Nähe. Allerdings trug er etwas im Maul, das wehrhaft zappelte. Hinter ihnen wurde das schreckliche Tosen leiser und vom bedrohlichen Knistern eines sich rasch ausbreitenden Brandes abgelöst, davor lichtete sich der Wald und Ramón konnte das Pferd auf einen breiten Pfad lenken, von dem aus sie die Ebene erreichen würden.

Erneut überholte Richie sie, bog in einen Trampelpfad ein und verschwand mit seiner seltsamen Beute im Dickicht.

Das Pferd überwand einen niedrigen Zaun und blieb schnaufend stehen, nachdem der Gerudo sanft an den Zügeln zog. Bea wandte sich im Sattel um, stieß Ramón grob an, der sich daraufhin murrend ebenfalls umsah. Aus der Richtung Ordons erstrahlte ein weitgefächertes weißes Licht, dem Richie voranlief. Ohne seine Beute von zuvor. Im Angesicht des Flächenbrandes hatte niemand die Muße, darüber nachzudenken.

Richie heulte auf und das Licht wurde heller. Mit ihm zog er einen Wall aus Wasser hinter sich her, der sich, nachdem er stehenblieb, über ihn hinweg aufbäumte, zu einer gewaltigen Flutwelle auftürmte und sich mit lautem

Donnern der gestauten Wassermassen in den Phirone-Wald ergoss. Zischend erstarben die Flammen, rechtzeitig genug, um verheerenden Schaden abzuwenden.

Hechelnd lauschte Richie, legte den Kopf in den Nacken und stieß ein tiefes Geheul aus, das Bea einen Schauder über den Rücken rieseln ließ. Wieder horchte er, drehte seine Ohren in alle Richtungen und wandte sich schließlich zufrieden ab.

„Hat er nach seinem Rudel gerufen?", fragte Bea leise.

„Vermutlich", antwortete Ramón nickend.

„Und die Antwort war wohl zufrieden stellend. Hm, wusstet Ihr, dass die Lichtgeister Dinge dieser Art vollbringen können?", fragte er anschließend und meinte damit die Wasserwand.

„Nein. Aber die Lichtgeister sind weitgehend ohnehin ein Mysterium für uns. Ich kann zwar mit ihnen sprechen und sie um Rat fragen, doch ihre Geheimnisse teilen sie nicht."

„Bedauerlich."

Ramón drückte dem Pferd erneut die Fersen in die Flanken und ritt voraus. Bea sah zu Richie zurück und ihr Herz füllte sich mit Schwermut. Wenn sie alles überstanden hatten, wie würde Richie sich entscheiden?

Sie glaubte, die Antwort bereits zu kennen. Der Ruf der Wildnis war tief in ihm verwurzelt. Er war mehr ein wildes Tier als ein Hylianer, selbst wenn er ihnen zuliebe jetzt auf zwei Beinen lief, und egal was geschah, die Wälder ließen jenen nie wieder los. Er würde ihrem Lockruf nicht widerstehen können und vermutlich auch nicht wollen.

Tief und vernehmlich seufzte sie und spürte zu ihrer Verwunderung Ramóns Hand, der die ihre tätschelte.

Der Wald ging in die Ebene über und es war mehr als nur diese Grenze zu überschreiten, es war, als träte man vom Licht in die Dunkelheit. Beinahe mit einer fühlbaren Membran dazwischen. Bea keuchte auf.

„Nein! Was ist das?"

Aus Richtung der Wüste schnitt noch immer das Licht des Schattenspiegels durch die Dunkelheit wie ein Leuchtfeuer.

Über der gesamten Ebene hingen dicke, schwarze Wolken aus denen Blitze züngelten. Donner folgte nicht. Tatsächlich war es still, bis auf ein entferntes verzweifeltes Schreien.

Richie jagte an ihnen vorbei und Ramón trieb das Pferd an. Wolf oder nicht, dachte er, er würde immer den Hilflosen zu Hilfe eilen.

Als sie ihn einholten, hatte er sich in einer ähnlichen schwarzen Kreatur verbissen, wie jene, die im Wolfsbau aufgetaucht war. Wütend knurrend riss er große Fleischstücke aus dem Wesen, bis es sich nicht mehr regte und er sich auf das nächste stürzte.

Nachdem Ramón mit dem Masterschwert nahe genug heran war, ging Richie nicht, wie eigentlich erwartet, in den Nahkampf mit Fäusten über, sondern biss und kratzte weiter wild um sich. Er riss dem Biest einen Arm aus, zerfetzte ein Bein, bis der den Knochen zu fassen bekam und auch diesen herauszerrte.

„Richie!", rief Bea und er sah schnell auf, ließ sich das Schwert zuwerfen und stürzte sich auf die dritte der vier Kreaturen. Ramón übernahm das vierte Monster und Bea half den Angegriffenen in Sicherheit. Unter einem großen vorspringenden Felsen fanden sie Schutz und erst jetzt bemerkte sie, wen sie gerettet hatten.

Lucky atmete kaum noch und Anna war von blutenden Wunden übersät. Raffler sah kaum besser aus. Beide Augen waren vollständig zugeschwollen, ein Arm hing gebrochen und ausgekugelt schlaff herunter, Blut säumte seine Lippen.

Das Kampfgetöse endete mit einem zornigen Schrei der letzten Kreatur, ehe auch sie sich in schwarzen, übel riechenden Rauch auflöste.

Richie und Ramón traten zur Prinzessin, die Lucky in den Armen hielt und verzweifelt zu ihnen aufschaute. Sie sah, wie er an seiner Unterlippe nagte, zu Ramón blickte und dann zu ihr, und sie ahnte, was er dachte. Durch ein sachtes Nicken gab sie ihm zu verstehen, dass sie einverstanden war, dass sie es versuchen konnten. Sofern Ramón sich nicht weigerte. Der Gerudo fing die Blicke auf und verschränkte grimmig die Arme vor der Brust, ehe auch er stöhnend nickte, jedoch sagte: „Das wird uns schwächen."

Die anderen nahmen den Einwand unkommentiert zur Kenntnis. Bea legte

Lucky sanft ab, erhob sich und streckte ihre Faust vor. Richie platzierte sie daneben und Ramón die seine darüber, sodass das Triforce annähernd eine Einheit bildete.

Sogleich atmete Lucky ruhiger und regte sich. Ihr Körper wurde gestreckt und nahm eine Form an, die dem kleinen Wesen vertrauter war.

Nachdem das Licht sich zurückzog, saßen Bea, Richie und Ramón schnaufend auf dem Boden, erschöpft bis auf die Knochen.

Raffler und Anna starrten ihre Retter verblüfft und ungläubig an, ehe auch sie sich setzten und sie sich über Lucky beugte. Die Schattenprinzessin schlief und würde nur noch ein wenig Ruhe benötigen. Sie hob den Blick, deutete schweigend auf die Kleine und hob fragend die Schultern. Mehrmals setzte sie an, etwas zu sagen, und doch brachte sie kein Wort hervor.

„Seid unbesorgt", sagte Bea mit zittrigen Lippen.

„Sie wird es uns erklären, sobald sie erwacht."

Über Nacht blieben sie unter ihrem spärlichen Schutz. Raffler hatte ihre beiden durchgegangenen Zugpferde einfangen können und auch die Kutsche war mit wenigen Handgriffen wieder halbwegs einsatzbereit. Bis in die Wüste würden sie es allerdings mit dem Gefährt nicht mehr schaffen. Bis in die Stadt zurück jedoch schon.

Bea erwachte aus einem unruhigen Schlummer und zuckte zusammen. Richie hatte das Masterschwert in

Stoffbahnen aus der Kutschenplane gewickelt und ein wenig abseits abgelegt. Er lag zwischen ihren Schenkeln, die Schnauze auf ihrem Unterbauch und sah sie aus unergründlichen blauen Augen an. So nah war sie dem Wolf noch nie gewesen und es erstaunte sie, wie riesig er war. Aber er fühlte sich auch weich und warm an, vertraut auf einer tiefen Ebene. Er wimmerte kaum hörbar und Bea streckte eine Hand aus, streichelte seinen Kopf und er lehnte sich in die Berührung hinein.

„Wenn alles vorbei ist, Richie, werde ich Euch nicht aufhalten. Ihr habt mein Wort."

Ramón lag direkt neben ihr, ebenso fühlbar wie Richie, doch nicht auf diese Art nah und vertraut. Und doch war es auf irritierende Weise angenehm. Sie drei, beinahe vereint. Ihr kam wieder in den Sinn, wie sie über das Triforce nachdachte. Ob es das war, was die Göttin eigentlich im Sinn hatte? Was mochten sie erreichen können, handelten sie als Einheit?

„Prinzessin?"

Sie wandte den Kopf.

„Wir sollten aufbrechen."

Bea nickte Ramón zur Bestätigung zu und

Richie trottete zur Seite.

Auch die anderen regten sich und blickten sich in der unendlichen Dämmerung um.

„Ich gehe in die Wüste und deaktiviere den Spiegel", erklärte Lucky unvermittelt und wandte sich schließlich direkt an Ramón, Richie und Bea.

„Prinzessin, das Geschick der Welt wurde durch Bernhard verändert. Eurer, ebenso wie meiner. Die Wege verliefen anders als von der Göttin vorgesehen. Doch können wir auch unser Schicksal ändern?" Sie sah Ramón an. „Könnt IHR es?" Damit verschwand sie, ohne ein Wort der Erklärung oder des Dankes.

„Was meinte sie?", fragte Bea, ob des plötzlichen und unfreundlichen Abgangs der Schattenprinzessin sichtlich verärgert. „Es geht um das, was im Schloss geschieht, nicht wahr?"

„Auch, ja. Ihr habt mich gefragt, was uns dort erwartet. Stellt Euch ein allmächtiges Wesen vor, gigantisch, uralt, mit praktisch unbegrenzter Kraft und einem Hass der älter ist als die Welt wie Ihr sie kennt. Ohne mich ist es so gut wie keinen Einschränkungen mehr unterworfen."

„Ohne...Euch?"

„Im Gegensatz zu mir, kann man dieses Wesen nicht töten. Es ist der Fluch, der Euch und Richie bis in alle Ewigkeit verfolgen wird. Der Zorn, die Essenz eines uralten Gottes."

„Ganon."

„Ja."

Unwillkürlich wich Bea Ramóns forschendem Blick aus, wohlwissend, dass er erkannte, was sie dachte. Sie wusste noch allzu gut, wie er aussah, als man ihn zu ihr in das Turmzimmer warf.

Verletzt, zerstört, beinahe zerrissen. Und damit lag sie wohl näher an der Wahrheit als sie damals dachte. Man hatte Ganon gewaltvoll aus ihm herausgezerrt. Ohne das Monster, den Fluch aus der Vergangenheit, konnte er nicht länger dessen finstere Mächte nutzen, nur ein kleines Quäntchen war ihm geblieben und von diesem hatte er Lucky nochmals viel gegeben, um sie vor dem nahenden Tod zu bewahren. Aber dafür war es ihm nun möglich, die Magie des Lichtes zu nutzen, wie Richie und das Masterschwert bewiesen. Sie schadete ihm nicht länger, bedeutete weder Schmerz noch Agonie. Er gehörte nicht länger zu den Wesen der Dunkelheit. Doch ob ihm selbst das auch gefiel?

Nicht länger ein Geschöpf der Finsternis zu sein, hieß nicht, dass er nun gut war. Immerhin gab es auch unter den lichtverwöhnten Hylianern Diebe und Halsabschneider. Äußerst wenige, aber es wäre verlogen zu sagen, es gäbe sie nicht. Der Kerker im Schloss war schließlich keineswegs Dekoration. „Aber wie? Wie hat Bernhard das bewerkstelligt?", fragte sie daher nur.

Er zuckte sichtlich unter der Erinnerung zusammen.

„Es ist besser, wenn Ihr es seht."

Um rascher voranzukommen, nahmm Bea eines der schnellen Zugpferde als Reittier, das verbliebene Pferd würde die Kutsche auch allein ziehen können. Ehe sie aufbrachen, widmete Ramón sich der höchst besorgt dreinschauenden Anna. Beruhigende Worte mochte er nicht für sie übrig haben, doch eine Frage brannte ihm auf der Seele, seit er er sie sah.

„Anna, sagt mir, gibt es noch andere wie Euch?"

Verwirrt blickte sie auf. „Was meint Ihr?"

„Gibt es noch andere Gerudo?"

„Oh, woher…? …Verstehe. Ja, ja, die gibt es. Nicht viele, sie leben im ganzen Land verstreut."

„Danke." Er verabschiedete sich mit einem Lächeln und ließ die Wirtin perplex zurück. Er nahm das Masterschwert auf, schwang sich auf das Pferd und folgte Richie und Bea.

Die Prinzessin ließ sich ein wenig zurückfallen, sodass Ramón zu ihr aufschloss.

„Warum fragtet Ihr Anna nach den Gerudo?"

„Ihr wolltet doch wissen, ob ich mir von Euch etwas erhoffe? Ja, das tue ich. Doch lasst mich diese Bitte gänzlich offiziell an Euch richten, sobald wir das Böse vertrieben haben."

Die Atmosphäre in der Stadt war erdrückend und stahl ihnen förmlich den Atem. Nur wenige Bewohner kreuzten ihren Weg und diese nahmen sie kaum wahr. Leeren Blickes schlurften sie auf müden Beinen durch die Straßen, nahezu erschlagen von der Stille und dem erbarmungslosen Würgegriff der unseligen Wesenheit im Inneren des Schlosses.

Richie wartete unter dem Torbogen und ergab sich der Macht des Schwertes, welches Ramón ihm ausgewickelt entgegenhielt. Er nahm die Waffe an sich und sah seine Begleiter an.

„Bereit?"

Fest und entschlossen presste Bea ihre Lippen aufeinander und nickte, Ramón zog sein Schwert. „Gehen wir."

In der Haupthalle des Schlosses trafen sie auf niemanden, doch aus allen Ecken, Räumen und Kammern vernahmen sie ein beständiges Kreischen und Heulen, ein Schaben von Klauen und Krallen über kostbaren Marmorboden.

In nicht wenigen Nischen lagen Exkremente, faulende Hautfetzen und etwas, was nach Haaren aussah.

„Er scheint nicht bemerkt zu haben, dass wir hier sind", flüsterte Bea, was

Ramón zu einem leisen Lachen veranlasste.

„Doch, doch. Er weiß es. Glaubt mir." Sie folgten den Treppen in der Halle nach oben, vorbei an zerschlagenen Statuen und verbogenen Zierwaffen. Bilder waren aus ihren Rahmen gerissen worden, Teile des Bodens mit Gewalt heraus gebrochen. Aus den Augenwinkeln sah Bea, wie Richie sich mit wenig Freude den Rest des Heldengewandes überstreifte, wohl vor allem wegen des stabilen Kettenhemdes unter der Tunika. Unwirsch zupfte er an dem Stoff herum, bis er die Kappe schließlich genervt zusammenknüllte und in seinen Waffengurt stopfte.

Ramón schauderte.

„Was ist?", fragte Bea, doch er schüttelte nur den Kopf.

Er konnte es ihr beim besten Willen nicht erklären. Das Gefühl, welches sich seiner bemächtigte, war jenem auf dem Friedhof ähnlich. Als wäre in den Fluren und Gängen etwas verborgen, was er nicht sehen konnte. Wobei er eingestehen musste, hatte sich in die Wahrnehmung geändert. Waren es tatsächlich Geister, so schienen sie nicht mehr gänzlich voller Zorn auf ihn.

„Steckt nicht zu große Hoffnung in mich", dachte er, ehe er sich wieder auf ihr Vorhaben konzentrierte.

Lucky hatte den Schattenspiegel erreicht und legte eine Hand behutsam auf die glänzende, leuchtende Fläche. Ihr Blick folgte dem Lichtstrahl und sie gab ein leises Seufzen von sich.

Auf eine sanfte Handbewegung hin, erlosch das Licht und sie stand einsam und allein in der alten, zerfallenen Arena. Nur der ewige Wüstenwind und das klägliche Heulen der versprengten Monster drang zu ihr.

„Es tut mir leid, Prinzessin", sagte sie leise.

„Ich wollte Euch nicht vor den Kopf stoßen. Ich bin Euch dankbar, wirklich. Aber ich kann nicht in meine Welt zurück, nicht ohne Richie. Und ich fürchte, ich habe nicht das Recht, Euch um Hilfe zu bitten. Es ist meine Schuld, dass all dies Unglück über Euch und Euer Land kam, und nun sehe ich mich außerstande, selbst etwas an der Situation zu ändern."

Sie setzte sich auf die zerborstenen Stufen und starrte in die dunkle Wüstennacht, bevor sie ihr Gesicht in den Händen verbarg. Wie sollte sie der

Prinzessin erklären, dass sie ohne Richie und das Masterschwert nicht in der Lage war, ihr eigenes Volk von Bernhards Fluch zu befreien? Daran, dass sie den Schattenkristall zurückerlangte, glaubte sie nicht mehr. Entweder er leistete jetzt Ganon gute Dienste, oder aber er war nicht mehr als ein Haufen Staub. Doch dann leuchtete der Spiegel hinter ihr in einem zarten Licht auf, gänzlich ohne ihr Zutun. Sie sprang auf und versuchte, etwas in der Ferne zu erkennen. Dort, wo sie die Türme des Schlosses wusste. Ein winziges Licht.

Sie blieben dicht beieinander, um möglichen Überraschungen zu entgehen oder sich wenigstens rasch verteidigen zu können. Was sie an manchen Stellen fanden, waren tote Linnings und Bea sah Ramón fragend an.

„Linnings sind leicht zu kontrollieren. Von ihrem Wesen her, sind sie nichts anderes als Banditen. Sie leben in einer Art Clan, obwohl es das auch nicht exakt trifft. Weibliche Linnings verlassen nie ihre Höhlen. Beiden mangelt es an Dingen wie Voraussicht, Logik und Ähnlichem. Sie kämen nie auf den Gedanken, dass man selbst Getreide anbauen oder sich Vieh halten könnte und leben daher einfach nur von Tag zu Tag. Sie stehlen, was sie brauchen, und das war es auch. Man muss sie persönlich unterjochen, auf eine Weise, dass sie glauben, es sind ihre eigenen Entscheidungen. Man muss ihnen gewissermaßen schmeicheln. Ganon kann das nicht, er benutzt mentale, also in etwa eine telepathische Kontrolle. Mehr oder weniger Zwang. Und damit können diese simplen Geister nichts anfangen. Sie sind schlicht wahnsinnig geworden und vor Angst gestorben.

Aber dass es ein paar überhaupt hierher schafften...Nun ja."

„Ein sehr einfaches Leben", antwortete Bea mit einem seltsamen Unterton.

Unwillkürlich lächelte Ramón. „Einfach in den Tag hinein leben, ja? Höre ich da Bedauern und Sehnsucht aus Eurer Stimme?"

„Ihr seid wirklich ein …!"

Von Richie ertönte ein warnendes Knurren und die Prinzessin verstummte. Ihn auf diese Weise zu hören, wenn er menschlich war, schien noch immer furchtbar und unheimlich zugleich.

Sie waren in einen Gang getreten, an dessen Ende die seltsamen Schattenkreaturen in gleichmäßiger

Anzahl Spalier standen und sich, obwohl sie sie sehen konnten, nicht bewegten.

„Wartet kurz", flüsterte Bea und huschte rasch in eines der Zimmer, die von den Gängen abzweigten. Schnell war sie mit einem wundervoll geschmiedeten Rapier zurück und reichte Ramón eine Hellebarde, die zerbrechlich aussah, sich in seinen Händen aber doch wuchtig und kraftvoll anfühlte. Beide Waffen waren mit den königlichen Insignien und Edelsteinen verziert und noch ehe Ramón fragen konnte, antwortete Bea mit einem Nicken.

„Ja, sie ist wertvoll, aber wenn sie zerbricht, zerbricht sie eben. Die kann man notfalls ersetzen. Mein Land nicht."

„Nun denn, gehen wir."

Die Kreaturen zeigten kein echtes Lebenszeichen, als sie an ihnen vorbeigingen und doch wussten sie, dass sie beobachtet wurden. Am Ende des Ganges öffnete sich die große Tür mit einem unheilvollen, metallenen Kreischen. Dahinter lag nicht der Thronsaal, wie man wohl erwarten würde, sondern eine Kapelle mit riesigen Bleiglasfenstern, einer Kanzel und einem traurigen Haufen, der einst die Orgel war. Statuen der Göttinnen umsäumten eine weitere der der Kopf abgeschlagen und zertrümmert worden war.

Bernhard stand inmitten des großen Raumes und Ramón wollte augenblicklich auf ihn zustürmen. Richies beherzter Griff hielt ihn zurück.

Warum er das tat, sah er sogleich, denn Bernhard stand nicht wirklich allein. Ein violetter Tentakel durchbohrte ihn, der ihn an Ort und Stelle festhielt. Die Quelle des Tentakels war ein riesiges Gespinst weiterer Fangarme, das sich an der Decke und den Wänden festklammerte.

„Das ist Ganon?", fragte Bea hörbar angeekelt.

„Im Prinzip, ja. Ganon ist keine körperliche Form, kann aber nahezu jede annehmen, die er wünscht."

„So, da seid ihr ja", drangen Ganons Worte aus Bernhards Mund. „Es wäre alles so viel einfacher gewesen, wäret ihr nicht davongelaufen. Und du, Richie? Wärst du doch bei deinen Wölfen geblieben."

Grimmig zog Richie die Augenbrauen zusammen, sprang vorwärts, zog das Masterschwert und durchtrennte den

Tentakel, der Bernhard hielt. Ramón folgte ihm, riss den stöhnenden Kerl weg und schleuderte ihn außer Reichweite. Dadurch wurde Ganon zwar der Möglichkeit beraubt zu sprechen, doch er brüllte auf. Offenbar vermochte er nur durch die Nutzung eines Wirtes zu reden und war nicht dazu in der Lage, selbst dann nicht, wenn es ihm möglich sein sollte, eine Form anzunehmen.

Jeweils zwei weitere Tentakeln fielen durch Richies und Ramóns Hiebe und das gesamte Gespinst klatschte schmatzend zu Boden. Bea stach mehrmals mit Wucht und Zorn zu. Doch dieser violette Klumpen besaß einfach nichts, was eine Schwachstelle hätte sein können, egal, wohin sie ihre Klinge lenkte.

Ramón wurde empor gehoben, Richie setzte nach, sprang und wollte das

Tentakel zerschneiden, welches den Gerudo hielt. Eines der herrlichen Fenster zerbrach in tausende Splitter, als Ramón hindurch geschleudert wurde.

Bea schrie auf, ging es doch unter dem Fenster viele Meter in die Tiefe. Richie krachte in eine der Statuen. Die Bewegung des Fangarmes, der ihn traf, hätte er unmöglich sehen können. Viel zu schnell.

Wie in einer Blase gefangen, in der die Zeit weit langsamer verlief als sie sollte, sah Bea einen der Arme auf sich zukommen, bereit, ihr Herz zu durchstoßen. Verzweifelt versuchte sie auf die Macht des Triforce zuzugreifen. Es gelang nicht. Wie Ramón sagte, hatte die Verwendung für Luckys, Rafflers und Annas Heilung sie tief geschwächt.

Sollte es das denn wirklich gewesen sein? Dann war ihre Reise sinnlos. Oh, bitte, lasst das nicht das Ende sein!, flehte sie in Gedanken.

Aber die Göttinnen antworteten nicht.

Unlängst hatten auch Anna und Raffler die Stadt erreicht. Die Bewohner versammelten sich auf dem großen Platz vor dem Schloss und starrten mit offenen Mündern nach oben.

Ash kam angelaufen und gesellte sich zu ihnen. Wortlos.

Raffler und Anna drängten sich durch die Hylianer, in die zumindest ein wenig Leben zurückgekehrt schien. Wie ein glasklares Echo drang Beas entsetzter Schrei zu der Wirtin hinab, gefolgt von einem lauten Krachen. Sie sah, wie Ramón aus dem Fenster geschleudert wurde. Mit letzter Kraft gelang es ihm, sich am Fensterbrett festzuhalten, doch er rutschte langsam ab.

Über dem Schloss bildete sich eine finstere Wolke, durchzogen von violetten Partikeln, die in die Schlossmauern schnitten wie ein warmes Messer durch Butter.

„Nein", kam es ihr von den bebenden Lippen, als plötzlich aus dem Nichts ein warmer Hauch über ihre Haut strich. Sie sah zu Raffler hinüber und erkannte in seinem Blick, dass er eine ähnliche Erfahrung gemacht haben musste. Er nickte ihr zu und sie ging auf die Knie, ebenso wie er, und gemeinsam begannen sie zu beten. Zu Hylia, zu Din und Farore, zu Nayru, zu den Lichtgeistern, und Anna schloss gar die Göttin des Sandes ein.

Bald kamen die Gmainer dazu und taten es ihnen nach, beteten zu den

Göttinnen und ihren eigenen Vorfahren, zu ihrem heiligen Berg.

Hylianer gesellten sich zu ihnen. Erst zögerlich, doch dann immer mehr und mehr, bis die gesamte Stadtbevölkerung vor dem Schloss kniete und ihre Gebete in den Himmel schickte.

Richie riss Bea zu Boden und rollte sich mit ihr aus dem direkten Bereich des Tentakels. Es streifte sie nur und zerschnitt ihr doch noch die Haut am Rücken.
„Wir schaffen es nicht!", schluchzte sie verzweifelt.

„Wir müssen!", brüllte Richie gegen den Krach, den der Tentakel verursachte, als er den Boden zertrümmerte.

In ihre Verzweiflung mischten sich unzählige flüsternde Stimmen, getragen von Liebe, Zuversicht und Hoffnung. Licht brach durch die dunklen Wolken, tanzte über den Boden wie lebendig, erfüllte die Statuen mit Glanz. Es war erhaben, göttlich, zeitlos. Das Gegenstück zum ewigen Zorn.

Ramón zog sich über den Sims zurück in die Kapelle und war sofort wieder auf den Beinen. Gestärkt und erfüllter als er sich je fühlte. Bea und Richie durchdrang ebenjene Kraft und entschlossen erhoben sie sich.

Ganon, geblendet vom göttlichen Licht, wich zurück und nahm eine andere Form an. Die erste wirkte nahezu menschlich mit flammendem Haar und ähnelte Ramón in gewisser Weise, brach aber rasch zusammen. Die zweite war ein Biest, so riesig, dass sie beinahe die Hälfte der Kapelle einnahm. Gewaltige, gespaltene Klauen ließen das Schloss erbeben, fauliger Atem drang aus einer Furcht erregenden Schnauze.

Ströme an schwarzen Kreaturen kamen durch die große Tür und lösten sich brüllend in Hylias Licht auf.

„Jetzt oder nie!", rief Ramón.

Beas Wunschgedanke wurde wahr. Sie agierten als Einheit. Alles verblasste, bis auf diesen Moment. Sie kämpften für sich, für Marzoll, für jedes andere Volk unter dem Segen der Göttinnen. Sie waren eins.

Richie nahm Anlauf, rutschte unter den Bauch der Kreatur und zog die Klinge des Masterschwerts hindurch. Es klang weniger als zerschneide er Fleisch, sondern vielmehr nach rauen Pflanzenfasern.

Ganon wirbelte brüllend auf den Hinterbeinen um die eigene Achse und Bea stieß ihr Rapier tief in den aufgerissenen Rachen, wo es stecken blieb. Das Biest schüttelte sich, versuchte die Klinge zu entfernen und drückte sie sich nur noch tiefer in die Kehle. Ramón rammte es und es geriet ins Taumeln.

Bea und Richie rissen das Biest mit einem geschlossenem Angriff von den Füßen, wichen Bissen und Tritten aus und Ramón stieß mit der Hellebarde zu. Dorthin, wo ein pulsierender Fleck die Lebensader des Biestes andeutete. Aber es genügte nicht.

Bea sprang zur Seite, zog Richie zu sich und der packte Ramón. „Jetzt!"

Das Triforce erstrahlte in seiner geeinten Pracht und die entfesselte

Macht zersprengte die Decke der Kapelle. Überall überbot das goldene, göttliche Licht, drang gar bis in die Wüste vor und löste hinter der Barriere des Schattenspiegels die finstere Macht Bernhards auf. Als kaum mehr etwas übrig war, außer der Essenz Ganons, durchbrach Ramón den Kreis ihrer gemeinsamen Kraft. Richie und Bea wurden zurückgeworfen. Die Prinzessin kam schmerzerfüllt stöhnend auf die Knie und rutschte zu ihm hinüber. Ramón stand zwischen ihnen und den Resten des uralten Fluches, die genügen würden, um sich wieder mit dem Gerudo zu verbinden und den unseligen Kreislauf erneut beginnen zu lassen.

„Ramón!"

Gehetzt sah er sich zu Richie um, sichtlich unsicher, was er machen sollte. Seine alte Kraft war zum Greifen nah.

Sein Blick flackerte, er senkte den Kopf, riss die Hellebarde empor und stieß sie brüllend in die wabernde Masse. Beinahe besinnungslos fiel er vornüber und Richie und Bea setzten nach, stießen gemeinsam das lichterfüllte Masterschwert in die Essenz hinein.

Nichts blieb mehr übrig. Ganon wurde zerrissen von göttlichen Klingen. All seine unselige Macht zerstreute sich in alle Winde. Obwohl ihnen bewusst war, dass es kein Sieg für die Ewigkeit war, irgendwann würde Ganon sich wieder sammeln können und aus diesem Kampf gelernt haben, war der Sieg von köstlicher Süße. Die in der Stadt verbliebenen schwarzen Ungeheuer schienen ohne Ganons Führung letztlich keine große Herausforderung mehr für Marzolls Soldaten und die Stadtwache zu sein.

Welcher Schaden angerichtet worden war, sahen Bea, Richie und Ramón nachdem eine befriedigende Stille einkehrte. Sie alle waren verletzt, vor dem Schloss saßen erschöpfte Hylianer und Gmainer, stützten einander, doch begann alsbald verhaltener Jubel zu erklingen. Ein Teil des Schlosses und der Stadt lagen zerstört vor ihnen. Nichts, was man nicht reparieren könnte.

Ramón humpelte zu dem zerschlagenen Fenster und sah zu den Bürgern auf dem Schlosshof. Er streckte seine Arme gen Himmel. „Wir leben! Verdammt nochmal, wir leben noch!" Blut rann ihm an den Armen hinab und es kümmerte ihn nicht. Das Kettenhemd hatte Richie vor mehreren tödlichen Treffern bewahrt und hing nun nur noch als metallener, breiter Streifen von seiner

Brust. Bea hatte sich einen Arm ausgekugelt und viele Schnittwunden, aber sie lebten noch!

Die Prinzessin saß auf dem Boden, hielt sich den verletzten Arm und atmete viel zu schnell. Nachdem Richie sie in die Arme nahm, ging die ungesunde Atmung von einem Seufzen in ein Schluchzen und schließlich in ein erlösendes Weinen über.

Richie sah zu Ramón auf und streckte ihm eine Hand entgegen. Der nahm sie und schüttelte sie kräftig.

Tage später waren die gröbsten Schäden beseitigt und auf die Gesichter der Hylianer kehrte das Lächeln zurück. Aus Annas Taverne drang laute Musik, herbes Gelächter und Unmengen Zigarrenrauch. Bea lehnte an der Theke und nippte an einem Weinglas. Sie könnte nicht glücklicher sein, würde sich nicht ein Hauch Wehmut in ihr Herz schleichen, als Richie mit einem knappen Abschiedsgruß die Taverne verließ und in die Nacht hinaustrat.

Ramón amüsierte sich jedoch prächtig. Er sprang mit seinem gut gefüllten Bierkrug, offener roter Haarmähne und hemdlos auf den langen Holztisch und stimmte mit tiefer Stimme ein Trinklied an. Mit einem Fuß stampfte er laut den Rhythmus, dass alles auf dem Tisch stehende schepperte. Ein Rinnsal Bier tropfte von seinem Kinn und hinterließ feuchte Flecken, die eigentlich kaum mehr auffielen. Bald war die gesamte Taverne erfüllt von dem ausgelassenen Gesang der Feiernden und Bea lächelte sanft, trank ihren Wein aus und verließ ebenfalls die Taverne. Einem jeden gönnte sie den feuchtfröhlichen Spaß aus tiefstem Herzen. Sollten sie feiern und sich amüsieren, bis sie umfielen.

Ziellos wanderte sie durch die Gärten, genoss die Stille der Nacht, die so wunderbar friedlich war. Einige Arbeiter kamen ihr entgegen und sie war versucht zu erfragen, warum sie sich nicht auch in der Taverne aufhielten. Die Frage erübrigte sich, nachdem die breitschultrigen Männer ihr mit schwerer Zunge einen guten Abend wünschten. Bea hoffte nur, sie hatten die Gärten nicht als Abtritt benutzt. Wahrscheinlicher war aber wohl, dass sie noch die letzten Reste aus Bernhards Folterkammer entfernten und sich nun wieder unter die Feiernden mischen wollten. Zahlreiche Dreckflecke auf ihrer derben Kleidung bestätigten ihre Annahme.

Persönlich hatte sie es vermieden, sich den grausigen Raum in den Kellergewölben anzusehen. Es widerstrebte ihr zutiefst, sehen zu müssen, womit Ramón angetan wurde, was man ihm antat. Zu deutlich sah sie noch vor Augen, wie er aussah. Wie zerbrechlich auch er war, trotz aller Macht und Stärke. Die bloße Erinnerung schnürte ihr bereits die Kehle zu. Von magischen Apparaturen hatten die Männer geredet, von leuchtenden Linien und farbigen Lichtern, auf Geräten die weder aus Metall noch aus Stein waren, obwohl sie jenen Materialien äußerlich glichen.

Hinter einem ausladenden Gebüsch vernahm die Prinzessin eindeutige Geräusche, weshalb sie nun doch und mit hochroten Wangen einen anderen Weg einschlug, der sie in die Nähe des Kerkereingangs führte. Grübelnd nagte sie an ihrer Unterlippe und betrat den Kerker. Fackeln spendeten ein spärliches Licht. Unaufhörlich flackerten und zischten die Flammen in den feuchten Gängen, warfen gezackte Schatten an hässliche, graue Steinwände. Unheilschwanger und passend.

Der Raum, tatsächlich ein Raum, keine Zelle, war leicht zu erkennen.

An der hintersten Wand war noch ein Abdruck zu erkennen, wo die Kleiderstangen für die Wachen angebracht wurden. Der Teppich, das einzig Fröhliche was es einst hier gab, lehnte zusammengerollt an der Wand. Voller Stockflecken und schier vor Feuchte triefend. Ordentlich aufgestapelt war eines der Geräte, auseinandergebaut bis in die kleinsten Elemente. Von dem, was Bea noch zu erkennen glaubte, musste es eine Art

Stuhl gewesen sein. Keiner, der mit weichen Polstern zum bequemen Sitzen einlud. Direkt daneben, in einem Weidenkorb, lagen Ketten, Scheren, spitze Metallstäbe und S-förmig gebogene Haken. Es nötigte ihr wenig Fantasie ab, zu sehen, wie Ramón kopfüber an der Wand hing, an den Fesseln durchbohrt von den Haken, malträtiert mit scharfen und spitzen Dingen, die einzig zu dem Zweck ersonnen wurden, Qualen zu verursachen.

Eine Lache getrockneten Blutes besudelte noch immer den Boden. Mit Ramóns Blut waren abscheuliche Bilder an die Wände gemalt worden, deren Sinn sich der Prinzessin nicht erschloss. Teils Symbole, aber auch Abbilder von grässlichen Kreaturen. Fast glaubte sie, noch Schreie zu hören, die von den Wänden aufgesogen worden waren.

Eisiges Schaudern ergriff sie und sie rieb sich über beide Arme, ehe sie den Raum so schnell als möglich verließ. Nur für einen Augenblick wünschte sie, Bernhard noch fragen können. Im nächsten war sie froh, dass er noch in der Kapelle sein Leben aushauchte. Gefangen in einem Wahnsinn, aus dem er wohl ohnehin nie mehr entkommen wäre.

Sie lief die Treppen in die Haupthalle empor und von dort weiter in die oberen Gemächer, wo sie ihr eigenes Schlafzimmer und dort den Balkon betrat.

Auf der anderen Seite konnte sie Richie mit beeindruckender Balance auf einer Zinne des Wehrganges sitzen sehen, in der Gestalt, die ihm lieber war.

Während sie ihn beobachtete, redete Bea sich ein, dass sie sich mit seiner Entscheidung abgefunden hatte, aber so einfach war es letztlich doch nicht. Vergraben in ihren Gedanken, schreckte ein Geräusch auf dem Hof sie auf und sie lehnte sich über die Brüstung des Balkons.

Zwei kräftige Soldaten trugen Ramón in ihrer Mitte, schleiften ihn beinahe hinter sich her.

„Ich kann alleine laufen!", hörte sie den Gerudo schimpfen.

Sie sahen einander an, nickten und ließen ihn los. Wie ein Sack Steine kippte er um und brabbelte Unverständliches ins Gras. Die Männer hoben ihn wieder empor und diesmal war Ramón wesentlich kooperativer.

Leise lachend schüttelte Bea ihren Kopf und machte sich auf den Weg zu den Räumlichkeiten, in den die Männer ihn brachten. Nur um nachzusehen, ob es ihm gut ging.

Richie kam ihr auf halber Strecke entgegen und sie beide blieben stehen, sahen einander an. Sie ging in die Hocke und er folgte ihr mit seinem Blick. Seit Bernhards Fluch gebrochen war, war es ihm möglich, den Stein wie ein Halsband zu tragen, ohne dass er mit ihm verschmolz. Ohne den Fluch würde er auch nicht länger Gefahr laufen, zu vergessen, wer er war. Das zumindest, war gut. Trotzdem zog er diese Form vor. Wie einladend saß er vor ihr. Bea streckte ihre Arme aus und schlang sie um Richies Hals. Er schmiegte sich an sie, sodass sie seinen Herzschlag spüren konnte, sein weiches Fell fühlte und ihre Finger darin vergrub. Wie fest die

Muskeln waren, wie stark die Beine und Pfoten! Fast glaubte sie zu sehen, wie Richie in dieser Form die Welt wahrnahm: Wie der Waldboden federnd nachgab, wie die Bäume und das Moos rochen, wie der Himmel sich veränderte, wenn ein Sturm aufzog und regenschwere Wolken mit sich brachte. Sie glaubte zu hören, wie ein Gewitter in der freien Natur klang, nicht aufgehalten und gedämpft von Mauern. Regen, der auf warmes Fell prasselte, Tropfen auf der Nase, weicher, nachgiebiger Morast zwischen den Pfotenballen.

Jagd, die mit allen Sinnen erfasst wurde. Beute, Hatz, Zufriedenheit und der Biss in warmes Fleisch. Danach, einträgliche Ruhe, tiefer Frieden, umgeben von kleinen, fiepsenden Leibern. Wärme und Zuneigung, vereint in einer Höhle.

Hastig löste Bea sich aus der Umarmung und atmete mehrmals tief ein, bis ihr Blut nicht länger wie erregt durch ihre Adern rauschte. Sie nickte. „Ich denke, ich verstehe."

Richie neigte den Kopf, was wohl eine Geste der Zustimmung sein sollte, und trabte davon.

Am folgenden Abend kam der Abschied. Ramón hatte offiziell im Thronsaal vorgesprochen und es war für Bea keine Mühe, ihm seinen Wunsch zu erfüllen. Er erhielt die ehemaligen Ländereien der Gerudo zurück, die dessen Volk seit undenklichen Zeiten gehörten und die nach dem großen Krieg praktisch leer waren.
Sollte er sich von Neuem Gerudokönig nennen, sie hatte nichts einzuwenden. Alles was sie erhoffte, nicht mal

verlangte, waren Verbundenheit und Freundschaft.

„Versprechen kann ich Euch nichts, aber ich will es versuchen", sagte er, bevor er sich abwandte.

Richie verließ sie zur selben Zeit und Bea sah ihm und Ramón vom Stadttor aus nach, wie sie in verschiedene Richtungen aus ihrem direkten Leben verschwanden.

Zwei Männer, so grundverschieden und doch in einem Punkt gleich. Niemals würden sie einer Person oder einem Willen zur Gänze gehören, sich nie unterwerfen. Beide liebten ihre Freiheit, waren frei und wild.

Jeder auf seine Weise, ungezähmt.

Zeit, um in die Lichtwelt
zurückzukehren.

ENDE

www.romanuskripte.de

**„FÜR MEINEN SOHN EMANUEL
REISCHL"**

Herstellung und Verlag:
BoD – Books on Demand, Norderstedt
ISBN: 978-3-7519-1678-3